Bianca

OBSESIÓN Y DESEO

SARA CRAVEN

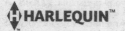
HARLEQUIN

Editado por Harlequin Ibérica.
Una división de HarperCollins Ibérica, S.A.
Núñez de Balboa, 56
28001 Madrid

© 2015 Sara Craven
© 2016 Harlequin Ibérica, una división de HarperCollins Ibérica, S.A.
Obsesión y deseo, n.º 2447 - 24.2.16
Título original: The Innocent's Sinful Craving
Publicada originalmente por Mills & Boon®, Ltd., Londres.

I.S.B.N.: 978-84-687-7599-9
Depósito legal: M-39099-2015
Impresión en CPI (Barcelona)
Fecha impresion para Argentina: 22.8.16
Distribuidor exclusivo para España: LOGISTA
Distribuidores para México: CODIPLYRSA y Despacho Flores
Distribuidores para Argentina: Interior, DGP, S.A. Alvarado 2118.
Cap. Fed./Buenos Aires y Gran Buenos Aires, VACCARO HNOS.

Capítulo 1

AL LLEGAR a lo alto de la colina, detuvo el coche a un lado y salió para estirarse después del viaje desde Londres.

La casa estaba abajo, situada en un recogido valle verde, cual dragón de piedra durmiendo bajo la luz del sol.

Dana respiró despacio, satisfecha, y sonrió.

–He vuelto –susurró–. Y en esta ocasión voy a quedarme. Nada, ni nadie, volverá a echarme de aquí. Vas a ser mía. ¿Me has oído?

La miró unos segundos más y después volvió al coche y condujo colina abajo, hacia Mannion.

No sería lo mismo, no podía serlo. Para empezar, porque ya no estaría allí Serafina Latimer con su amabilidad y sus sonrisas que, de repente, se tornaban en severidad. Se había marchado a su querida Italia, y tía Joss, cómo no, había ido con ella.

«Yo también he cambiado», pensó.

Ya no era la confundida niña de diecisiete años que se había marchado de allí siete años antes, había cambiado física, emocional y también económicamente.

Ya no era la sobrina del ama de llaves, que estaba allí de mala gana, ya no era una extraña, sino una profesional de mucho éxito, que trabajaba para una de las agencias inmobiliarias más importantes de Londres y que ganaba bastante dinero.

Había aprendido mucho en los últimos años, había

tenido que luchar duro para ascender y reinventarse
para que la tuviesen en cuenta.

Había ayudado a muchas personas a hacer su sueño
realidad, se dijo. Y en esos momentos le tocaba a ella.

Aunque Mannion no era solo un sueño. Era su derecho, dijese lo que dijese la ley. Había una cosa llamada
justicia natural y se iba a aferrar a ella, fuesen cuales fuesen los medios que tuviese que emplear. O fuesen cuales
fuesen las circunstancias.

Lo había decidido mucho tiempo atrás, y cada vez
se había sentido más convencida.

Pasó entre las altas puertas de hierro forjado y recorrió el camino que atravesaba los cuidados jardines
hasta llegar a la casa. Delante de esta ya había varios
coches aparcados a ambos lados de la entrada principal,
y ella aparcó el Peugeot en el primer hueco disponible.

Salió, se quedó inmóvil un instante, estudiando los
demás vehículos e intentando calmar su respiración y
alisarse la falda de lino caqui, y después sacó la bolsa
de viaje del maletero.

Al girarse vio que la pesada puerta principal se había
abierto y allí la esperaba una mujer regordeta, vestida
de negro.

—¿Señorita Grantham? —preguntó en voz baja—. Soy
Janet Harris. Permita que lleve su maleta y que la con-
duzca hasta su habitación.

«Es probable que conozca el camino mejor que tú»,
pensó Dana, divertida, mientras seguía al ama de llaves.

Había corrido muchas veces por aquella casa, siguiendo a tía Joss, ayudándola a asegurarse de que todo
estaba preparado para los invitados. En alguna ocasión,
hasta le habían dejado poner las flores en los dormitorios.

Se preguntó si alguien habría hecho lo mismo para
ella.

No tardó en descubrir la respuesta: no. Le habían

asignado la más pequeña de las habitaciones de invitados, situada en la parte más aislada de la casa, con vistas a la zona de matorrales que había en la ladera del valle, donde seguía estando la casa de verano.

Era lo único que no había querido ver. Había tenido la esperanza de que hubiese desaparecido, aunque los recuerdos que evocaba todavía eran potentes, amargos e inquietantes.

No obstante, mientras se apartaba de la ventana, pensó que la elección de las vistas no había sido deliberada. Sí lo había sido la elección de la habitación, en la que la decoración era antigua y la moqueta estaba desgastada. Al parecer, habían querido ponerla en su sitio.

«No pasa nada», pensó. «Ya veremos quién gana cuando se termine el juego».

–El cuarto de baño está al otro lado del pasillo, señorita Grantham –comentó la señora Harris casi con pesar–, pero será para usted sola.

Hizo una pausa.

–La señorita Latimer me ha pedido que le diga que hay té en el salón.

«Cuánta formalidad», pensó Dana casi divertida mientras el ama de llaves se retiraba. Aquello no era habitual en Nicola, aunque tal vez le estuviese costando ejercer de anfitriona.

En la bolsa de viaje llevaba poco más que un par de vestidos para la cena de aquella noche y la fiesta del día siguiente, los colgó en el armario, que era tan estrecho como la cama.

El cuarto de baño era muy básico, pero había toallas, jabón de manos y un espejo de cuerpo entero.

Así que después de peinarse, retocarse el pintalabios y ponerse colonia, se miró con la misma intensidad crítica con la que esperaba que la mirasen en el piso de abajo.

Llevaba un bonito corte de pelo y reflejos que realzaban el color castaño claro. La melena brillante y suave le llegaba a los hombros, y la sutil utilización del maquillaje enfatizaba sus ojos marrones avellana y hacía que sus pestañas rizadas pareciesen más largas.

Estaba delgada, pero tenía curvas donde debía tenerlas y su constitución era atlética gracias al ejercicio y a las clases de baile a las que asistía con celosa regularidad. No eran baratas, pero el fin justificaba los medios.

El saludo de Nicola, que se había sorprendido al verla diez días antes, le había dado la razón.

—Dana, qué alegría verte. Estás estupenda.

Era una exageración, pero le había resultado gratificante, se dijo mientras bajaba las escaleras.

Al mirar a su alrededor se dio cuenta de que no era solo su habitación la que necesitaba muebles nuevos. Toda la casa parecía vieja y era evidente que en esos momentos no había en ella nadie tan riguroso con la limpieza como lo había sido tía Joss en su día.

Las superficies ya no brillaban como antes. No había una mezcla de olor a lavanda y a cera en el ambiente, y en algunos lugares se veían hasta telarañas.

Todo parecía... descuidado, tal vez fuese lo que ocurría cuando la señora de la casa se marchaba de esta.

Aunque Serafina Latimer no había tenido elección. Al decidir evitar pagar el impuesto de sucesiones regalándole Mannion al hermano mayor de Nicola, Adam, había tenido que conformarse con visitar solo de vez en cuando la que había su casa, que tardaría un periodo de siete años en convertirse legalmente en propiedad de Adam.

Tía Joss le había dado todos los detalles a Dana, sin permitir que protestase ni que hiciese preguntas, y había zanjado el tema diciéndole:

—Así que ya está, ese es el final de todas las tonterías.

Pero no podía serlo, porque Dana sabía que no la habían tenido en cuenta. Habían regalado su herencia como si no valiese más que una pastilla de jabón.

«Pobre Mannion», pensó al llegar al final de las escaleras. «Cuando seas mía, no volverás a pasar de mano en mano».

En esa ocasión, nadie la detendría.

No oyó el murmullo de las conversaciones que había esperado oír al acercarse al comedor, y dudó un instante antes de entrar.

Por un momento, al mirar las viejas colchas que cubrían sofás y sillones, y al ver las largas cortinas bordadas ondeando suavemente al viento que entraba por las puertas de cristal abiertas, se sintió como si hubiese retrocedido en el tiempo.

Entonces, en ese mismo instante, se dio cuenta de que no había entendido bien el mensaje del ama de llaves, porque la señorita Latimer que la esperaba detrás de la mesa del té no era la que ella había imaginado. Era mucho mayor, regordeta y vestida con un inadecuado vestido de flores, con el pelo blanco cual casco de metal, y los labios apretados.

«Mimi, la tía de Nicola», pensó Dana, gimiendo en silencio. Tenía que habérselo imaginado.

—Bueno, Dana, qué sorpresa —dijo Mimi Latimer haciéndole un gesto para que se sentase.

A juzgar por su tono de voz, parecía que la sorpresa había sido más bien desagradable.

—No sabía que todavía estuvieses en contacto con Nicola, ni que fueseis amigas.

Dana sonrió, impasible.

—Buenas tardes, señorita Latimer. No, me temo que no nos hemos visto mucho últimamente —le respondió, de hecho habían estado siete años sin verse—, pero no sé si recuerda que fuimos al colegio juntas.

–Sí –dijo Mimi Latimer muy seria mientras servía té en una frágil taza y se la ofrecía a Dana–. Eso no se me ha olvidado. Ni tampoco que tú abandonaste los estudios de repente. Qué disgusto para la pobre Serafina, con lo amable que había sido contigo.

–Tal vez, ambas pensamos que su amabilidad había durado demasiado tiempo –replicó Dana en tono frío–. Era el momento de que me valiese por mí misma.

Además, lo que había querido era que Serafina la tratase como a su nieta, no por caridad.

–En eso tienes razón –añadió Mimi Latimer, ofreciéndole un plato con unos sándwiches más pequeños que el dedo de un niño.

Eso y un bizcocho era todo el despliegue que habían hecho para la ocasión. Dana recordó haber vuelto en vacaciones y haberse encontrado la mesa llena de sándwiches, bollitos y nata, o pastas de mantequilla, dependiendo de la estación, las tartas de chocolate y la deliciosa mermelada de fresas. Y a Serafina presidiendo ante todas aquellas delicias, e interrogando amablemente a Nicola y a ella acerca de cómo había transcurrido el trimestre.

–¿Y tu familia? ¿Todos bien?

–Todos bien, gracias.

Al menos, eso parecía, aunque raras veces tenía noticias.

La otra mujer siguió preguntando:

–¿Y tu madre? ¿Sigue viviendo en España?

–Sí –le confirmó Dana con naturalidad–. Allí está.

–Y a ti también parece que te va bien. Tengo entendido que estás intentando venderle un piso muy caro a Nicola y a Eddie.

–Les he enseñado un piso precioso –la corrigió Dana, tomando un sándwich de huevo y berros, y obligándose a comerlo en hasta dos bocados–. Está dentro de su presupuesto y, al parecer, les gusta a ambos.

–Supongo que resultará extraño que les enseñes tú un piso.

–Yo prefiero llamarlo casualidad –respondió ella alegremente–. Una feliz casualidad.

Aunque había tenido que hacer ciertos tejemanejes para asegurarse de que era ella la que les enseñaba el piso.

No le apetecía, pero dio un sorbo al té, que se estaba quedando frío.

–Por cierto, ¿dónde está Nicola?

–Ha llevado a Eddie y a sus padres a visitar la iglesia del pueblo –le contó la señorita Latimer, haciendo una mueca–. Ha decidido que quiere casarse aquí. A mí me parece ridículo, Londres sería mucho más práctico para todo el mundo.

Hizo una breve pausa antes de continuar:

–Pero ha convencido a Eddie de que es mejor una tranquila boda en el campo, solo con la familia, los amigos más íntimos y algunas personas del pueblo. Era lo que se suponía que iba a ser también la reunión de este fin de semana.

Respiró hondo.

–No sé qué van a pensar los Marchwood. Yo he intentado hacerla entrar en razón, pero al parecer el primo de Serafina, el tal Belisandro, se ha puesto de su lado –dijo, resoplando–. Siempre ha tenido a Nicola muy mimada y ha permitido que hiciera lo que quisiera. Lo único que me sorprende es que no sea él quién se case con ella.

A Dana le dio un vuelco el corazón y se le hizo un nudo en la garganta. Se obligó a dar otro sorbo de té.

Cuando habló, consiguió hacerlo con sorprendente tranquilidad.

–No me parece que Zac Belisandro sea de los que se casan.

Además, por suerte, estaba en la otra punta del mundo.

Aunque, al parecer, seguía manejando los asuntos de la familia Latimer.

–Seguro que su padre lo obliga a casarse dentro de poco –opinó la señorita Latimer–. Aunque no es asunto mío. Ni tuyo tampoco.

Dana consiguió sonreír con serenidad.

–Es cierto, no lo es. Las habladurías pueden ser muy peligrosas.

Se hizo otro silencio. Tuvo la sensación de que Mimi Latimer estaba esperando a que le preguntase por Adam, pero no iba a hacerlo.

«De todos modos, lo veré pronto», pensó Dana, permitiendo que su mente se recrease con el recuerdo de Adam, con el pelo rubio y un rostro casi infantil, los ojos azules y unos labios siempre dispuestos a sonreír.

Un hombre al que hubiese deseado cualquier mujer, aunque no hubiese sido rico, y Dana lo sabía. Y se había recordado una y otra vez que aquello justificaba el plan de acción que iba a emprender.

No obstante, intentó mantener en su mente aquella imagen, y no otra mucho más inquietante y desagradable. Otro rostro, aceitunado y saturnino, con las facciones muy marcadas y los ojos tan oscuros e impenetrables como una fría noche de invierno.

Dejó la taza de té cuidadosamente en la mesa.

–Ha sido muy agradable, pero, si me disculpa, necesito estirar las piernas después del viaje.

Y tras volver a sonreír atravesó la habitación y salió por las puertas de cristal que daban a la terraza. Allí se detuvo y clavó la vista en los pastos que tenía debajo, como si estuviese cautivada por su uniformidad.

En realidad, y muy a su pesar, su cerebro no dejaba de repetir un nombre: Zac Belisandro.

Hijo único y heredero del vasto imperio Belisandro International, que en esos momentos dirigía sus negocios en Australia y en Extremo Oriente, con un aplomo y un éxito que estaba haciéndose legendario.

El hombre que hace que el rey Midas parezca un principiante, habían escrito en las páginas de negocios de un conocido periódico.

Para Dana era el hombre que había hecho que tuviese que marcharse de Mannion siete años antes. Su enemigo, que todavía habría querido impedirle el paso si no hubiese estado a miles de kilómetros de distancia.

«No pienses en él», se dijo. «Concéntrate en Adam, que es el único que importa y que ha importado siempre».

Pero su mente, su memoria, no la quería obedecer. Zac Belisandro seguía allí, como una sombra bajo el sol.

A pesar del calor, Dana se estremeció. «Ojalá que no tenga que volver a verlo jamás. Al menos, hasta que haya conseguido lo que quiero y ya sea demasiado tarde para que interfiera y lo estropee todo por segunda vez».

Hasta que me haya convertido en la señora de Adam Latimer y Mannion me pertenezca por fin.

Pensó en el capitán Jack Latimer, el hijo soldado de Serafina, su padre. Si no hubiese fallecido en aquella emboscada en Irlanda del Norte, la vida de su madre, y la de ella, habrían sido muy distintas. Sus padres se habrían casado y Serafina habría tenido que aceptarlo.

Él no habría permitido que echasen de allí a la chica a la que quería.

Dana bajó las escaleras de la terraza y atravesó el prado, fue en dirección a los matorrales. Desde que había ido a vivir a Mannion, aquel había sido su lugar favorito, un lugar en el que había podido esconderse y llorar en paz. Tía Joss había sido muy buena con ella, pero siempre había estado demasiado ocupada como para dedicarle tiempo. Además, Dana sabía que le habían impuesto el cuidado de su sobrina, que tía Joss no había querido que la llevasen a una casa de acogida durante las frecuentes y a menudo largas estancias de su madre en el hospital.

Así que Dana había pasado mucho tiempo sola. Aunque la sensación había sido diferente a la que había sentido cuando se había arrodillado al otro lado de una puerta cerrada con llave oyendo, asustada, el llanto de su madre.

La sensación había sido más bien de desorientación y desamparo, incluso cuando había estado con su madre y esta, cada vez más frágil, más mermada, había luchado por conservar otro trabajo sin futuro, y le había prometido a la briosa mujer que la iba a ver por las noches, con montones de papeles, que en aquella ocasión haría el esfuerzo, que en aquella ocasión lo conseguiría por el bien de Dana y por el suyo propio.

Se detuvo, con los puños apretados a ambos lados del cuerpo, y se preguntó si ella, una niña pequeña, había sido la única en darse cuenta de que nunca iba a ocurrir.

Por aquel entonces, lo único que había tenido en la cabeza y en el corazón había sido Mannion.

–Nuestra casa –le había murmurado su madre, Linda, una y otra vez, por las noches antes de dormir–. Nuestro futuro. Nos lo arrebataron porque yo solo era la hermana del ama de llaves.

Después le había contado que había pensado que su abuela la recibiría bien y se alegraría de que Jack tuviese un hijo. Había pensado que iban a llorar su muerte juntas, no que la iba a echar de la casa. Su corazón se había roto al perder a Jack, y se había vuelto a romper con el rechazo de la madre de este.

–Pero no nos ganarán, cariño. Mannion era la herencia de tu padre, así que ahora nos pertenece y algún día será nuestra. Dilo, cariño. Dilo en voz alta, que yo te oiga.

Y ella, muy obediente, cerraba los ojos y susurraba casi dormida:

—Algún día será nuestra.

Pero con eso no conseguía nada, porque su madre volvía a llorar antes o después, o se sentaba junto a la ventana del salón, sin hablar ni moverse, con la mirada perdida.

Entonces a Dana se la volvían a llevar a Mannion con tía Joss, donde cada vez se sentía más segura. Y donde cada vez sentía más que estaba en su casa. Las semillas que su madre había plantado en ella empezaban a florecer.

La señora Brownlow, una de las señoras que iba a visitar a su madre, llamaba a Mannion con frecuencia para hablar con tía Joss.

En ocasiones, Dana captaba parte de aquellas conversaciones.

—Es una situación tan difícil... No es culpa de la niña... En el colegio es brillante, pero ha sufrido tanto...

Y su tía repetía una y otra vez:

—Es una obsesión insana...

Un día, la señora Brownlow se había mostrado más tranquila.

—Linda parece mucho más animada, ha cambiado de verdad. Tenemos la esperanza de que esto la ayude a recuperarse del todo. Y a ella le apetece mucho.

—¿Dos semanas en España? —había preguntado tía Joss con incredulidad—. ¿Sin Dana?

—La primera vez, sí. Para ver cómo lo lleva. Tal vez más tarde podamos organizar unas vacaciones juntas.

Dana se había sentido aliviada. No porque estuviese especialmente contenta con el colegio del pueblo, donde los niños, confundidos por sus idas y venidas, la trataban como a una extraña, pero no sabía con exactitud dónde estaba España, solo que estaba muy lejos de Mannion, que era el único lugar en el que quería estar.

Y por el que quería luchar.

Al parecer, la que se había rendido era Linda. Después de las dos semanas en España, tía Joss recibió una carta suya en la que le decía que había encontrado trabajo en un bar y que había decidido quedarse en España una temporada.

Su decisión había causado el enfado de los funcionarios que llevaban su caso, pero tía Joss había mantenido la calma y le había dicho que quizás fuese lo mejor, y que ella le daría a Dana la posibilidad de crecer con estabilidad.

Dana había echado de menos a su madre, pero también se había sentido agradecida al perder el peso de aquella carga.

Por fin estaba viviendo en el lugar en el que Linda había querido que ambas viviesen y, tal vez, con el tiempo, la actitud de Serafina se suavizaría y aceptaría a Dana como nieta.

Además, la vida de Dana había cambiado a mejor con la llegada de Nicola, que iba a pasar el verano a Mannion.

«Otra huérfana», recordó Dana con amargura. Sus padres se habían divorciado y el padre de Nicola se había quedado con la custodia de esta y de su hermano mayor. Por su parte, la madre, Megan Latimer, vivía en esos momentos en la zona salvaje de Colombia, con su novio millonario, que había sido el causante de la ruptura del matrimonio.

–Y yo no puedo ir a Colombia –le había contado Nicola a Dana mientras esta le había enseñado los jardines por órdenes de Serafina–. Lo ha dicho el juez, aunque yo he dicho que me cae bien Esteban.

Nicola se había mostrado apesadumbrada.

–Papá ha dicho que podemos ir todos de vacaciones en barco, pero yo no quería porque no sé nadar bien y porque me mareo. Así que se ha llevado solo a Adam y yo he conseguido que tía Serafina me invite a venir aquí.

–Esto está muy bien –había contestado Dana–. Te gustará.

Y ambas se habían sonreído con cautela.

En el jardín que había delante de la cocina, el señor Godstow les había llenado un cesto con arvejas dulces, frambuesas y grosellas, que habían ido a comerse a la guarida que Dana se había hecho entre los matorrales.

Había sido una manera curiosa de intimar, pero había funcionado. Ambas habían estado en un momento emocionalmente complicado y, de repente, habían encontrado una amiga.

Hasta que, cómo no, Zac Belisandro se había ocupado de separarlas.

«Pero me vengaré cuando Mannion sea mía y seas tú el que no pueda entrar», pensó Dana.

Porque ocurriría. Habían frustrado sus planes una vez, pero desde entonces había estado ideando un segundo intento.

La visita del piso había ido como la seda. Nicola se había alegrado mucho de verla y, si bien Dana se decía que no era más que un medio para conseguir su objetivo, lo cierto era que ella también se había puesto muy contenta.

–Eddie tiene que volver al trabajo –le había dicho Nicola después de visitar el piso–. ¿Qué te parece si nosotras vamos a un bar y hacemos una doble celebración?

–¿Una doble celebración?

–Por supuesto –había respondido Nicola sonriendo de oreja a oreja, como siempre–. Porque hemos encontrado nuestro futuro hogar y te hemos encontrado a ti a la vez.

–Dos razones maravillosas –había reído Dana.

–¿Qué te ocurrió? –le había preguntado Nicola mientras se tomaban una copa de vino en un bar cercano–. ¿Por qué desapareciste de repente, antes de terminar el colegio?

Y ella se había dado cuenta de que Zac Belisandro no se lo había contado.

–No fue tan de repente. Ya había decidido que no quería ir a la universidad, así que cuando me ofrecieron un trabajo en Londres, lo acepté –había respondido alegremente.

–Pero te marchaste sin decir adiós –había comentado Nicola, dolida–. Y nunca respondiste a mis cartas, aunque tu tía siempre me prometió que las había enviado.

Pero su tía siempre había sido más leal a Serafina que a su propia sobrina, a la que habían exiliado por causar problemas.

Dana había tragado saliva.

–Durante un tiempo, cambié mucho de casa. Seguro que las cartas siguen por ahí, intentando encontrarme.

–Pues en esta ocasión no voy a dejarte escapar –le había asegurado Nicola–. Dentro de dos fines de semana vamos a reunirnos en Mannion para hablar de mis planes de boda y quiero que vengas. No voy a aceptar un no por respuesta.

–De acuerdo –había respondido Dana.

–Será como en los viejos tiempos –había continuado Nicola–. Van a venir Jo y Emily, ya que serán las damas de honor, y van a llevar a sus novios. Así que, si tú también sales con alguien, lo puedes traer.

Dana había dado otro sorbo a su copa de vino.

–No salgo con nadie. Por el momento.

Pero eso iba a cambiar. En Mannion.

Nicola había suspirado.

–Hablas como Adam. En cuanto empieza a caerme bien una de sus novias, ya está con la siguiente. Y Zac no es un buen ejemplo para él.

–Ya imagino –había comentado Dana, poniéndose tensa de repente–. Tal vez Adam todavía no haya conocido a la mujer adecuada.

O en el momento adecuado.

Después, Dana se había visto asaltada por las dudas, se había dicho que no podía ser tan sencillo, y casi había esperado que Nicola la llamase para decirle que habían anulado la reunión, o poniendo alguna excusa.

En su lugar, había recibido una llamada de Eddie, que le había dicho que se quedaban con el piso, y, días más tarde, otra de Nicola para confirmar la invitación y decirle lo mucho que le apetecía a todo el mundo volver a verla.

¿Incluido Adam?, se había preguntado Dana, pero no se había atrevido a decirlo en voz alta.

Pronto lo averiguaría, pensó en esos momentos. Había llegado el momento de dejar de pasear por el jardín y poner su plan en marcha.

Iba por la mitad del prado cuando se dio cuenta de que alguien la observaba. Había un hombre en lo alto de las escaleras de la terraza.

Por un momento, se alegró al pensar que se trataba de Adam...

Pero casi se tropieza al darse cuenta de que era demasiado alto para ser Adam. Y demasiado moreno.

Oscuro como la noche, como una pesadilla.

Salvo que Dana no estaba soñando. Allí estaba Zac Belisandro. No estaba en la otra punta del mundo, no, sino allí.

Esperándola.

Capítulo 2

N O!», gritó en silencio.

Porque no podía ser verdad, pero los acelerados latidos de su aterrado corazón le confirmaban que no había lugar a duda.

No podía echar a correr. No tenía adónde ir y, además, no iba a darle la satisfacción de verla huir.

En esa ocasión, no iba a lograr deshacerse de ella. Serafina ya no estaba allí para dictar sentencia sobre una niña que había transgredido su código de conducta.

En esa ocasión era la invitada de Nicola. Una más. Y Nicola no permitiría que nadie la deshonrase.

–Venga, Zac –dijo Nicola en esos momentos–. Seguro que no es la primera chica que se te insinuaba, y si otras no lo han hecho ha sido porque tenían edad suficiente para saber que no merecía la pena. Además, de eso hace ya mucho tiempo.

«Mucho tiempo», se repitió Dana en silencio. ¿Por qué tenía entonces la sensación de que había sido el día anterior?

Y qué ocurriría si Zac respondía que no era a él a quién había querido, ni a quién quería, sino a Adam, o la casa.

Podía echar por tierra sus planes con solo un comentario. Podía hacerlo y era probable que lo hiciese.

A Dana le temblaban las piernas, pero intentó estar tranquila para poder subir las escaleras.

Lo que no pudo hacer fue pasar junto a Zac.

Este estaba de pie, con los brazos en jarras, el rostro impasible, estudiándola de arriba abajo.

–Has vuelto –le dijo en voz baja–. Pensé que tendrías más sentido común.

Dana lo miró fijamente a los ojos.

–He aceptado una invitación de una vieja amiga, ni más ni menos –respondió, levantando la barbilla–. ¿Qué tal está, señor Belisandro? ¿Sigue devorando el mundo?

–A pequeños bocados, señorita Grantham –contestó él en tono frío–. Siempre voy poco a poco, cosa que también le recomiendo a usted, *signorina*.

Iba vestido con unos pantalones negros, brillantes, y una camisa a juego con los primeros botones desabrochados, dejando a la vista la parte alta de su musculoso y bronceado pecho. Dana deseó no haberlo visto.

Hacía que se sintiese incómoda, casi inquieta, e hizo un esfuerzo por recuperar el equilibrio.

–Supongo que eso depende del apetito que uno tenga.

–Y si no recuerdo mal, el suyo estaba en el límite de ser voraz. Si quiere que hablemos del mío, deberíamos hacerlo en algún lugar más íntimo. Tal vez en la casa de verano.

Zac la vio ruborizarse y asintió, esbozando una sonrisa.

–Así que este nuevo aire de sofisticación es solo superficial. En todo caso, es fascinante. Qué tentación.

–Yo diría... qué arrogancia, señor Belisandro –replicó Dana, apretando los puños–. Veo que no ha cambiado lo más mínimo.

No era cierto. Había madurado y llevaba muy bien sus treinta y dos años. Siempre había sido atractivo, Dana tenía que admitirlo, pero en esos momentos era... espectacular. Impresionante.

–No he encontrado ningún motivo para cambiar,

aunque tal vez sea algo más compasivo que hace siete años, así que le voy a dar un consejo.

Dio un paso hacia ella y Dana tuvo que hacer uso de toda su fuerza de voluntad para no retroceder.

—Recuerde que tiene algo muy urgente que hacer en Londres y márchese. Quede a comer con Nicola de vez en cuando, si quiere hacerlo, pero nada más. Si lo hace, saldrá indemne.

Hizo una pausa.

—O continúe por donde va, y lo lamentará.

A Dana se le hizo un nudo en la garganta, pero consiguió echarse a reír.

—Qué melodramático. ¿Es así como amenaza a la competencia en los negocios?

—No suele ser necesario. Saben escuchar la voz de la razón. Le sugiero que haga lo mismo.

—Gracias —le dijo Dana, respirando hondo—. Y no se preocupe, que si alguna vez necesito su consejo, se lo pediré. Mientras tanto, tengo pensado disfrutar de un agradable fin de semana en este entorno tan bello y apetecible. Y espero que usted también lo haga.

—Si busca a Adam —añadió él al verla dirigirse hacia las puertas de cristal—, todavía no ha llegado. Viene con su última novia, Robina Simmons, cuya falta de puntualidad es legendaria, así que es probable que hayan discutido. Esperemos que el enfado no les dure mucho.

—Al menos, no tanto como el nuestro, que no tiene fin.

Como frase final tampoco había sido nada fuera de lo común, pero había sido mejor que nada.

El salón estaba vacío, así que pudo escaparse a su habitación sin tener que añadir ningún otro enfrentamiento a su inquietud interior, que bastante la estaba afectando ya.

Zac Belisandro estaba allí, pensó mientras se dejaba

caer al borde de la cama. ¿Cómo era posible? ¿Por qué no se lo había advertido Nicola?

«No tenía ningún motivo para hacerlo», se respondió sola. Para Nicola, Zac no era más que el primo multimillonario de Serafina y amigo de Adam. Una persona a la que conocía y en la que había confiado durante prácticamente toda su vida.

Mientras que para ella era el hombre que ya había intentado arruinarle la vida una vez, y le había dejado claro que volvería a hacerlo.

Había disfrutado mucho diciéndole que Adam iba acompañado, aunque eso a Dana no le preocupaba demasiado. Según su hermana, cambiaba mucho de novia, y si con aquella ya se había peleado...

–Adam me deseaba –murmuró–. Tengo que hacer que lo recuerde y que vuelva a desearme, todavía más. Tiene que desearme desesperadamente porque es el único que puede hacer que consiga Mannion, y no voy a conformarme con menos.

Además, estaba dispuesta a compensarlo. Sería una buena esposa, la mejor, y la perfecta anfitriona cuando la casa recuperase su antigua gloria.

Incluso Zac Belisandro tendría que admitir aquello...

El corazón le dio un vuelco al pensarlo.

¿Por qué le importaba la opinión de Zac, o sus vacías amenazas? Su presencia allí era solo temporal. Su trabajo, su vida, estaban a miles de kilómetros de allí y pronto tendría que retomar ambos.

Mientras que ella podía quedarse allí. Entonces, ¿por qué permitía que Zac la afectase?

Respiró hondo para tranquilizarse.

Había esperado tanto aquel día, su vuelta a Mannion, que era normal que estuviese nerviosa y que hiciese montañas de granos de arena.

Lo que necesitaba en esos momentos era relajarse... y recuperar la compostura.

Le sentaría bien un baño caliente y una breve siesta antes de vestirse para la cena.

Había escogido cuidadosamente el conjunto de esa noche. Era un vestido sencillo, de un tacto parecido a la seda y de color ámbar, que aportaba brillo a su piel. El escote era cuadrado y generoso, para revelar la curva cremosa de sus pechos, y la falda tenía vuelo y era ligeramente provocadora. También había llevado unos pendientes de oro y ámbar que se había comprado con la primera prima que había ganado en Jarvis Stratton, para marcar el momento en el que había empezado a sentir que tenía una carrera, no un mero trabajo. Cuando había empezado a creer otra vez en ella misma, y a sentir que tendría éxito en lo que su madre había fracasado.

Cuando la convicción se había tornado en determinación.

Aunque casarse con Adam no fuese a implicar ningún sacrificio, pensó de camino al cuarto de baño. Solo tendría beneficios.

Se metió en el agua aromatizada y miró su cuerpo, examinándolo como si fuese el de una extraña. Intentó verlo con los ojos de un hombre.

Se preguntó qué pensaría Adam la primera vez que la viese desnuda.

Y también se preguntó si se alegraría de que todavía fuese virgen y de saber que se había mantenido inocente por él.

Era una decisión que le había causado problemas con los hombres con los que había salido en los últimos siete años. Algunos se habían mostrado perplejos, otros se habían sentido dolidos, y la mayoría se había enfadado al descubrir que cuando decía «no» quería decir exactamente eso. La habían acusado de tener fobia al compromiso o de ser una frígida.

Pero Adam no tendría ningún motivo para decir nada de aquello, se dijo mientras salía de la bañera y tomaba una toalla.

Se puso crema hidratante con su aroma favorito, consciente de lo cerca que tendría que estar de ella un hombre para apreciarlo.

Pretendía que Adam se le acercase mucho, por muchas novias que hubiese llevado.

Volvió a la habitación y estaba terminando de maquillarse cuando Nicola llamó a la puerta.

Al entrar, miró a su alrededor e hizo una mueca.

—No sabes cuánto siento esto, Dana. Cuando Zac anunció que iba a venir, tía Mimi tuvo un ataque de pánico y le dio la habitación que yo había escogido para ti. La casa está llena, así que no puedo cambiarte.

—No te preocupes, no pasa nada —le respondió Dana con naturalidad—. Entonces, ¿no esperabas que Zac viniera?

—La verdad es que no esperaba que estuviese aquí este fin de semana, pero iban a operar a su padre del corazón y quiso venir. Al parecer, la operación ha sido un éxito, así que debe de sentirse muy aliviado.

Dana pensó que no lo había visto especialmente contento.

—¿Y no ha querido volver enseguida a su casa y asegurarse de que Belisandro Australasia no quebraba en su ausencia? —inquirió en tono seco.

—No, no va a volver a Melbourne —comentó Nicola muy contenta—. A partir de ahora se va a quedar en Europa, y se va a hacer cargo del imperio familiar en cuanto su padre se retire, que será muy pronto. Va a trabajar desde Londres, así que vamos a vernos mucho más.

–Ah –consiguió decir Dana, sintiendo que se mareaba–. ¿Qué tal ha ido la visita a la iglesia?

–Estupendamente. Estoy decidida a casarme aquí, aunque no sé qué va a decir papá.

Dana arqueó las cejas.

–Entonces, ¿va a venir para acompañarte al altar?

Nicola suspiró.

–Sí y, por desgracia, se va a traer a la horrible Sadie.

Dana dejó de pensar momentáneamente en sus propios problemas y miró a Nicola con comprensión. Las primeras vacaciones en barco habían cambiado la vida de Adam y Nicola. Francis Latimer había decidido que había encontrado su verdadera pasión, y había dejado el trabajo que tenía en la ciudad para montar una empresa de vela y buceo en las islas griegas, que, con duro trabajo y mucha fuerza de voluntad, había sido todo un éxito.

En el proceso había conocido a Sadie, una mujer australiana que trabajaba para una de las principales agencias turísticas que le mandaban clientes, y su aventura de verano había sobrevivido al invierno y mucho más.

Sadie era una mujer ruidosa y jovial, que había pensado que pronto tendría a los hijos de Frankie comiendo de su mano. Al ver que eso no había ocurrido, se había sentido resentida, y las vacaciones familiares habían empezado a convertirse en una pesadilla.

Ese era el motivo por el que tanto Nicola como Adam habían empezado a pasar la mayor parte de las vacaciones escolares en Mannion, mientras su padre pasaba los inviernos en Queensland, Australia, donde había montado otro negocio de navegación con Craig, el hermano de Sadie.

–Bueno, al menos vas a volver a verlo –intentó consolarla Dana–. ¿Tienes noticias de tu madre?

–De vez en cuando escribe alguna carta diciendo que está feliz y que se queda donde está. ¿Y tú?

Dana se obligó a encogerse de hombros.

–Algo parecido, aunque es tía Joss quién filtra la información.

Al parecer, Linda pensaba que su hija le recordaba demasiado todas las cosas que le habían salido mal en la vida, y a Dana le habían aconsejado que lo aceptase y que dejase que ella sola encontrase su camino de vuelta. Si es que lo hacía algún día.

«Si puedo ofrecerle Mannion», pensó, «quizá descubra a la madre a la que en realidad nunca he conocido. La mujer cuyos sueños y esperanzas murieron con Jack Latimer, y no a la mujer rechazada por la madre de este. La chica guapa que ayudaba a llevar el Royal Oak porque la esposa del dueño bebía.

–Era el alma de este lugar –le había contado Betty Wilfrey, la cocinera del Royal Oak en una ocasión–. Llevaba la recepción, el bar, se ocupaba de las habitaciones, lo que hiciese falta. Jamás volvió a ser lo mismo cuando se marchó. No me extraña que Bob Harvey vendiese el negocio y se marchase menos de un año después.

«Han pasado muchos años de eso», pensó Dana, sintiendo que se le hacía un nudo en la garganta y poniéndose en pie.

–¿Bajamos?

–Supongo que sí. La cena va con un poco de retraso porque Adam acaba de llegar, un poco enfadado y sin Robina, porque se han peleado –le contó Nicola, poniéndose seria–. He tenido que recordarle que este es mi fin de semana, no el suyo.

Dana se mordió el labio.

–Tal vez esté disgustado porque la chica le importa de verdad –sugirió a regañadientes.

–A Adam lo único que le importa es salirse con la suya –contestó Nicola antes de salir de la habitación.

Antes de cenar, tomaron champán en la terraza, servido por Zac Belisandro, que iba vestido con un traje gris y una corbata de seda color rubí.

Dana aceptó una copa y dio las gracias en un susurro, consciente de cómo la estudiaba este con la mirada y se detenía en la curva de sus pechos.

Aquella mirada le trajo recuerdos que Dana prefería olvidar, y se alegró de que Nicola la llamase para que fuese a saludar a Joanna y Emily, que habían sido sus compañeras de clase e iban acompañadas por sus respectivos prometidos.

Después Eddie quiso presentarle a sus padres, una pareja atractiva, de pelo cano, que irradiaba felicidad con el compromiso de su hijo y que se trataba con dulzura.

La pareja escuchó pacientemente a Mimi Latimer, que se quejaba de que Robina no hubiese acudido porque eso significaba que le estropeaba el orden de la mesa.

–No importa –comentó la señora Marchwood, intentando calmarla–. Es una cena familiar, en la que todos somos amigos.

La señorita Latimer asintió a regañadientes, pero la mirada que le lanzó a Dana la contradijo.

Pero a esta no le importaba lo más mínimo, Adam acababa de salir a la terraza, sonriendo y relajado, vestido con un traje de lino claro y una camisa tan azul como sus ojos, sin corbata, y aparentemente de buen humor.

Nada más ver a Dana, se quedó inmóvil, sorprendido.

–No puedo creerlo –le dijo a su hermana–. Nic, pequeño demonio, así que esta es la sorpresa que me habías prometido.

Se acercó a Dana, tomó sus manos y se echó a reír.

–¿De dónde has salido, después de tanto tiempo? ¿Desde cuándo no nos vemos exactamente?

Ella habría podido decirle el día, la hora y el minuto, pero Mimi Latimer la salvó de la tentación.

–Vende pisos muy caros en Londres y, al parecer, le ha vendido uno a Nicola y a Edward. Espero que se hayan informado bien.

–Se informaron muy bien antes de hacer la oferta –respondió Dana–. Hola, Adam, me alegro de verte.

–Así que eres toda una profesional –comentó Adam sacudiendo la cabeza–. Me he preguntado muchas veces qué habría sido de ti.

«¿Y por qué no has intentado encontrarme?», se preguntó ella.

Pero no lo dijo en voz alta. En su lugar, le devolvió la sonrisa y comentó con toda naturalidad:

–No me fui muy lejos. Y no sabes cómo me siento al volver aquí... tengo tantos recuerdos...

–¿Más champán? –los interrumpió Zac Belisandro, apareciendo a su lado–. Para celebrar la feliz reunión.

«Seguro que tienes la esperanza de que beba más de la cuenta y haga el ridículo», pensó Dana mientras apartaba las manos de las de Adam. «Eso no va a ocurrir porque, en cuanto te des la media vuelta, me voy a deshacer del champán».

Pero Zac no se dio la media vuelta. No la siguió, pero tampoco se alejó de ella.

Siempre había sido así.

Pero, ese fin de semana, Dana iba a soportarlo. Tal vez no pudiese distanciarse físicamente, no hasta que no fuese la señora de la casa y pudiese controlar la lista de invitados, pero sí podía apartarlo mentalmente de una vez por todas.

Podía meter todos los acontecimientos ocurridos

siete años antes en una caja, cerrarla y tirarla por un precipicio. ¿No era aquello lo que recomendaban los psicólogos?

«Quizás a mi madre no le funcionó, pero a mí me va a funcionar», se aseguró.

Bebió el champán poco a poco mientras tomaban la sopa fría de pepino y los filetes de lenguado, y aceptó media copa más de vino tinto para acompañar las costillas de ternera asadas.

La habían sentado entre Greg y Chris, los prometidos de las damas de honor, lejos de Adam, que estaba en la cabecera de la mesa, pero muy bien situada para oír los comentarios de la señorita Latimer, sentada en el otro extremo.

—Qué pena que Robina no haya podido venir —comentó preocupada—. Es cierto que la falta de puntualidad es molesta, pero tengo entendido que nuestra querida Reina Madre tampoco era puntual en su juventud.

Dana sintió ganas de reír, pero entonces se dio cuenta de que Zac la estaba mirando desde el otro lado de la mesa. Tenía los ojos brillantes y parecía compartir su diversión. Sus miradas se cruzaron.

Ella se sintió como hipnotizada, y un escalofrío la recorrió.

Sorprendida, se mordió el labio para intentar romper el hechizo, y se obligó a bajar la vista al plato a pesar de darse cuenta de que acababa de perder el apetito.

También supo que no podía permitirse ningún tipo de conexión con aquel hombre. No podía arriesgarse a que echase a perder sus planes.

Chris le habló y ella se giró a mirarlo, aliviada.

—Es una casa increíble. Tiene hasta una sala de billar. Tengo entendido que Nic y tú crecisteis aquí juntas.

—Yo no diría tanto —intervino Mimi Latimer—. La tía de Dana era el ama de llaves.

–Es cierto –comentó Dana, obligándose a hablar en tono alegre–. Y me parece que lo que estamos tomando en estos momentos es su sorbete de limón. Supongo que ha dejado la receta a su sucesora.

–Ha habido varias sucesoras –volvió a decir Mimi Latimer–. Hoy en día, es casi imposible encontrar a alguien de confianza. La gente ya no sabe cuál es su lugar.

–Yo pienso que sí –respondió Dana–, lo que ocurre es que quieren decidirlo por ellos mismos.

–Adam me ha comentado que había un invernadero –intervino Greg rápidamente–, pero que lo ha convertido en piscina.

A Dana le sorprendió que ya no hubiese invernadero. Había sido el orgullo y la alegría de Serafina. ¿Habría sabido esta cuáles eran los planes de Adam antes de darle la casa? Si era así, ¿cómo lo había permitido?

«Si no me hubiesen echado, si me hubiese quedado aquí con Adam, no se lo habría permitido», pensó. «Habría conseguido convencerlo de que no lo hiciese».

–Nunca me pareció de mucha utilidad, así que pensé que una piscina sería mucho más práctica, y más divertida.

«Práctica», pensó Dana, «pero deprimente. Y si tenías que tirar algo, yo me habría decidido por la casa de verano».

Se estremeció de nuevo y Chris se dio cuenta.

–¿Tienes frío? –le preguntó, sorprendido.

–No, solo me duele un poco la cabeza –improvisó ella–. Tal vez vaya a haber una tormenta de verano.

Y entonces vio sonreír a Zac con ironía, como diciéndole que la tormenta ya estaba allí... Esperándola.

Capítulo 3

DESPUÉS de la cena, el grupo se dividió. Los hombres fueron a la sala de billar para jugar un torneo y las mujeres se reunieron en el salón a tomar café y hablar de los preparativos de la boda.

Dana ya se había resignado a no poder hablar en privado con Adam, sobre todo, con Zac pegado a ella como su sombra.

Pero le fastidió darse cuenta de que realmente le dolía la cabeza. Así que se disculpó y decidió irse a la cama.

Incluso con la ventana abierta, la pequeña habitación era asfixiante, y a pesar de estar desnuda y tapada solo con la sábana, tenía calor. Y cada vez le dolía más la cabeza.

Se dijo que era el estrés. Y la tensión. Y tenía muy claro quién era el culpable.

Se tomó un par de ibuprofenos que había encontrado en el armario del cuarto de baño y consiguió dormirse, pero se despertó con el sonido de un trueno, acompañado de una ráfaga de aire frío y húmedo.

«No me lo puedo creer», gimió en silencio, levantándose para cerrar la ventana y ponerse el camisón de algodón.

Ya no podría dormirse hasta que no se terminase la tormenta, o tal vez en toda la noche. Justo lo que necesitaba, con todo lo que la esperaba el día siguiente.

No había llevado ningún libro, pero sabía que en el

piso de abajo, en el que había sido el despacho de Serafina, había periódicos y revistas con los que podría distraerse hasta que la tormenta se calmase.

Se puso la bata y atravesó el pasillo en dirección a las escaleras.

La casa estaba en silencio, como si el mal tiempo solo la hubiese molestado a ella. Abrió la puerta del despacho, se acercó a la mesa y encendió la lámpara.

–*Buongiorno* –la saludó Zac.

Ella se sobresaltó y dio un grito ahogado, se le aceleró el corazón.

Estaba sentado en el sillón que había junto a la chimenea, vestido como para la cena, pero sin la chaqueta y la corbata, que estaban a su lado, en el suelo.

–¿Qué estás haciendo aquí? –le preguntó Dana, nerviosa.

Él se puso en pie y se pasó una mano por el pelo.

–Necesitaba tiempo a solas, para pensar, y creo que después me he quedado dormido. Hasta que tú has desencadenado esta tormenta, mi pequeña bruja, y he decidido quedarme aquí a observar los rayos, que son espectaculares. ¿Y tú? ¿Has bajado a bailar bajo la lluvia?

–Muy gracioso –le respondió, tomando la revista que tenía más cerca–. No voy a molestarte más.

–Ojalá fuese cierto –dijo él en tono bastante amable–, pero ambos sabemos que no es tan sencillo.

–Yo no sé nada de eso –replicó ella, consciente de que Zac la estaba mirando de arriba abajo, deseando que su bata fuese más gruesa.

Y que no tuviese que pasar por su lado para llegar a la puerta.

Sobre todo, deseó haberse quedado en su habitación.

–Pues piénsalo.

Mientras Zac hablaba, otro relámpago iluminó la habitación y la lámpara que había encima de la mesa se apagó, dejándolos poco después en la más completa oscuridad.

Dana dio un grito ahogado.

–¿Qué ha pasado?

–Que se ha ido la luz –respondió él con sorna–, por la tormenta. Ocurre con frecuencia, estoy seguro de que lo recuerdas.

Dana lo recordaba, pero no había pensado que iba a pasar en aquel preciso instante.

–Será mejor que vuelva a mi habitación –dijo rápidamente.

–¿Por qué tienes tanta prisa? Al fin y al cabo, no es la primera vez que estamos a solas en la oscuridad.

No se le había olvidado. Y era una situación que no se podía repetir.

Zac no se había movido del sillón, Dana estaba segura, pero, no obstante, lo sentía más cerca. Era como si las paredes de la habitación se estuviesen cerrando, y ella necesitó salir de allí.

Necesitó ponerse a salvo.

Se dirigió hacia donde pensaba que estaba la puerta, pero tropezó con algo que había en el suelo, la chaqueta de Zac, y perdió el equilibrio.

Él la agarró y la retuvo entre sus brazos, haciendo que sintiese su calor y que oliese aquella colonia que seguía utilizando después de tanto tiempo. La abrazó cada vez con más fuerza.

Y el pánico hizo que a Dana se le cerrase la garganta.

–Suéltame –espetó, cerrando los puños y golpeándole la mandíbula.

Él juró entre dientes y la soltó antes de retroceder.

Otro rayo iluminó la habitación, y ella atravesó la puerta y corrió escaleras arriba.

Se tropezó dos veces, se agarró a la barandilla de

madera, casi sin aliento, con miedo a que Zac la estuviese siguiendo en silencio, en la oscuridad.

Se preguntó qué haría si notaba su mano en el hombro, si tendría fuerzas para gritar y qué diría si aparecían otras personas.

En su habitación, con la puerta cerrada y la llave echada, tomó la colcha que había dejado en el suelo y se enrolló en ella mientras esperaba a que su corazón se calmase y su respiración volviese a la normalidad.

Pero la colcha no la protegió de los recuerdos, por mucho que intentase apartarlos de su mente.

Y ella se dijo que tal vez debía dejar que volviesen si quería deshacerse de ellos para siempre. Tal vez debiese volver siete años atrás, y recordar.

No tenía que haber estado en Mannion aquel verano. Tía Joss había ido al colegio para contarle con fingida incomodidad cuál era la alternativa.

–Mi amiga, la señora Lewis, te ha encontrado un trabajo a través de su agencia de empleo. Hay una tal señora Heston que necesita a una chica para cuidar de sus hijos, una niña de ocho años y gemelos de tres. Vivirás con ellos, y la señora Heston se asegurará de que puedas realizar todos los trabajos que te den en la escuela para el verano.

–Pero yo no quiero pasar el verano rodeada de extraños –había protestado Dana–. Nicola espera que vaya a casa con ella. Va a invitar a muchas personas y habrá fiestas. Y es el cumpleaños de Adam.

–Gracias, pero soy consciente de todo eso, soy yo la que va a cargar con el peso del trabajo.

–Si estuviese allí, podría ayudarte.

–Lo dudo –le había contestado su tía–. En el pasado has sido una excelente compañía para Nicola, pero ya no sois niñas y vuestras vidas van a ser muy diferentes, sobre todo, cuando la señora Latimer lleve a cabo los planes que tiene para la casa.

Se refería a cedérsela a Adam.

Como si Dana no lo hubiese sabido. Como si no hubiese tenido aquello en mente desde que había oído la noticia por primera vez.

No aceptaría que pasasen por alto las reivindicaciones de su madre.

Y después de mucho pensarlo, la única alternativa que había encontrado había sido Adam.

Nunca había esperado que este se fijase en ella, pero, gracias a Nicola, eso había cambiado. Adam había organizado una fiesta en Mannion y un improvisado torneo de tenis.

Nicola no había querido ser su pareja, y le había sugerido que le preguntase a Dana, que estaba en el equipo del colegio y era mucho mejor que ella.

Si a Adam le había sorprendido la propuesta de su hermana, lo había ocultado con mucha educación. Como agradecimiento, Dana se había dejado la piel en el campo y habían quedado finalistas del torneo.

–Teníais que haber ganado –había dicho Zac Belisandro, y después, mirando a Adam, había añadido–: Has fallado algunas bolas cerca de la red.

Dana siempre había intentado evitar a Zac. Tal vez fuese el primo de Serafina y un magnate en los negocios, pero ella odiaba que fuese por la vida como si esta hubiese sido creada para su diversión personal.

–No ha sido culpa de Adam –le había contestado–. Sabe que las voleas no se me dan bien y ha intentado protegerme.

Entonces, después de un silencio, Zac había arqueado las cejas y había comentado en tono burlón:

–Ah, no me digas.

Y después había vuelto a mirar a Adam.

–Serafina quiere recordarte que ha servido el té en la terraza.

–Ven, intercesora y defensora mía –había dicho Adam a Dana, poniendo un brazo alrededor de sus hombros–. Vamos a tomar el té, y fresas con nata, aunque esto no sea Wimbledon.

Y ella había sonreído y se había dejado llevar.

No había sido siempre su pareja en la cancha ese verano ni los dos siguientes, pero sí habían jugado juntos con frecuencia. Y Dana siempre había esperado con impaciencia la llegada de Adam a principios del verano. Había esperado que se fijase en ella y le sonriese.

A los diecisiete años, superada la época de los granos y el pelo graso, Dana había cambiado, y Adam había empezado a mirarla de otra manera, cosa que la había llenado de emoción.

Porque Adam se había dado cuenta de que se había convertido en una mujer.

Y había sellado aquel descubrimiento con un beso bajo el muérdago que habían colocado en la casa en Navidad, en un inesperado momento de intimidad. Había sido un beso largo, intenso, que había dejado a Dana sin aliento.

–Dios mío –había susurrado él con voz ronca, separándose de ella a regañadientes–. Eres una caja de sorpresas, mi dulce Dana, y quiero explorarlas todas.

Entonces, la había soltado porque el sonido de otras voces había marcado el final del momento.

Pero habría otros momentos. Adam se lo había dicho y Dana estaba emocionada. Tal vez para Pascua...

Pero Adam no fue a Mannion en las vacaciones de Pascua.

–Se ha ido a Cornwall, a hacer surf con Zac y otros amigos –le había contado Nicola.

A Dana el instinto le había dicho que no era un viaje solo de chicos, ¿por qué iba a serlo? Sabía a través de

Nicola que Adam tenía novias en Londres, aunque estas nunca lo acompañaban a Mannion.

–Serafina no les permitiría compartir habitación –le había confesado Nicola riendo–. Es muy estricta con esos temas. Y Adam no quiere disgustarla, sobre todo, ahora.

¿Por qué ese momento era especial?, se había preguntado Dana confundida. Y entonces tía Joss le había explicado que Serafina iba a darle Mannion a Adam, y ella lo había entendido todo.

Lo había entendido y había hecho planes para el verano, pero su tía se los había estropeado diciéndole que tenía que pasarse ocho semanas cuidando de tres niños.

Y entonces había tenido que ir al despacho de la directora, lo que no solía considerarse una buena noticia, pero la visita había tenido un final feliz.

–Las niñas de los Heston tienen varicela y toda la familia está en cuarentena porque nadie la ha pasado. Ni yo tampoco –le había contado Dana a Nicola, contenta.

–Qué bien –había respondido esta, sonriendo de oreja a oreja–. El verano habría sido horrible sin ti. Ahora va a ser el mejor verano del mundo.

«Sí», había pensado Dana, que iba a asegurarse de aquello. Con Adam.

«Estaba tan segura», pensó en esos momentos. «Y tan equivocada».

La tormenta casi había pasado y Dana salió de la cama y se acercó a la ventana para respirar el aire fresco. Luego se sentó en la única silla que había en la habitación y clavó la vista en la oscuridad. No había ninguna luz encendida. No había luna. Ni siquiera se veía el brillo de una estrella.

Y, no obstante, podía ver la casa de verano como si hubiese estado completamente iluminada. O, tal vez, impresa en su mente con todo detalle.

De madera, con el tejado de paja y un porche en el

que Serafina tenía una tumbona de ratán y un reposa-
piés, porque la casa de verano, con sus vistas a la casa
principal y a los jardines, era su lugar especial.

Las contraventanas eran de madera gruesa, ya que
las ventanas no tenían cristales, y la enorme puerta se
abría hacia afuera. En el interior había una pequeña
mesa con un plato de arcilla en el que había varias velas. Apoyadas contra una pared, varias sillas plegables
y, frente a la puerta, un sofá grande y viejo, lo mismo
que la alfombra que yacía delante.

Y cuando Nicola y ella habían crecido demasiado para
tener un escondrijo entre los arbustos, les habían dejado
jugar allí cuando Serafina no había necesitado la casa.

Las normas habían sido estrictas. El lugar debía estar
siempre limpio y recogido, las cerillas estaban prohibi-
das y tenían que cerrar las contraventanas para que no
entrasen ardillas.

Pero el precio a pagar había sido pequeño en comparación con los momentos que habían pasado allí durante el verano.

E incluso cuando habían crecido y sus fantasías habían cambiado, todavía habían ido a la casa a hacer alguna merienda.

Dana había tenido la esperanza de poder ir a la casa
con Adam, pero tía Joss había tenido otras ideas:

–No podemos hacer nada con respecto a la varicela
–le había dicho, muy seria–, pero no puedes pasarte varias semanas corriendo por aquí, así que la señora Sansom, del Royal Oak, ha accedido a que vayas a ayudarla
con las habitaciones y con las mesas, aunque no puedas
trabajar detrás de la barra. Te pagará un pequeño salario
y podrás quedarte las propinas. Tu turno se terminará
después de la hora de comer.

Dana la había escuchado, consternada. Ni siquiera la
idea de ganar algo de dinero la había ayudado a aceptar

que iba a ser el burro de carga de la señora Sansom durante medio día.

Lo que era peor, Janice Cotton, que había sido la matona del colegio, estaba trabajando en la cocina del Royal Oak, y estaría deseando volver a molestarla.

Y si tenía la mala suerte de que Adam y sus amigos fuesen a tomarse algo en el jardín, ella tendría que servirles ataviada con un horrible mono rosa con un horroroso roble verde grabado sobre el pecho izquierdo.

Pero no había tenido elección, así que a la mañana siguiente se había ido al pueblo en bicicleta, y a la primera persona que se había encontrado había sido Janice.

–Hombre, si es doña Engreída –había sido su saludo–. ¿Ya se han cansado de tus aires de grandeza en la casa y te han mandado aquí, con los pobres? Siento no poder hacerte una reverencia.

Dana no había respondido, había aparcado la bicicleta y se había mordido el labio mientras se decía que aquel gesto iba a empezar a formar parte de su vida.

Lo mismo que trabajar duro.

Su primer encuentro con la señora Sansom no había conseguido animarla. Su jefa le había repetido una y otra vez que le gustaba que el negocio estuviese bien organizado.

El hotel tenía seis habitaciones y ofrecía el desayuno a sus huéspedes, y todo debía funcionar como un reloj.

En teoría, las habitaciones debían quedarse vacías a las diez de la mañana, pero esto no solía ocurrir y, en general, después había que darse mucha prisa para que la ropa de cama llegase a tiempo a la lavandería, para limpiar el bar, comprobar las sombrillas del jardín y limpiar todos los ceniceros. Después, Dana se lavaba las manos y la cara y se ponía un mono limpio para ejercer su función de camarera.

Al mismo tiempo, tenía que lidiar con Janice, que solía tener malas intenciones.

Casi todos los días le hacía alguna jugarreta, su preferida era tirarle del brazo mientras estaba sirviendo el zumo o la sopa, lo que hacía que Dana tuviese que cambiarse de mono.

—Qué torpe eres —se quejaba la señora Sansom—. ¿Qué has hecho?

—No lo sé, señora Sansom.

—Ten más cuidado o tendré que hablar con tu tía. Esos uniformes cuestan dinero y tienes mucha suerte de que no te lo vaya a quitar de tu salario.

No obstante, uno de aquellos días, la cocinera, Betty Wilfrey, que hasta entonces había dejado pasar por alto aquellos accidentes, había decidido hablar con Janice a solas.

Y Dana había podido tener una semana o dos de paz, hasta que, después de un largo y caluroso día en que el hotel estaba lleno y habían tenido muchas personas a comer, había salido del trabajo más tarde de lo habitual y se había encontrado con que su bicicleta había desaparecido.

—No me lo puedo creer —había gemido entre dientes.

No merecía la pena ir a casa de Janice, porque esta lo negaría todo, así que Dana había echado a andar.

Otras veces le había deshinchado una rueda y no había dicho nada, pero en aquella ocasión no podía sufrir en silencio, sobre todo, porque tendría que caminar cuatro kilómetros y medio para ir y venir a trabajar.

Había andado algo menos de un kilómetro cuando un coche azul oscuro descapotable se había detenido a su lado.

—Buenas tardes —la había saludado Zac Belisandro—. ¿No te parece que hace demasiado calor para dar un paseo?

—No era mi plan —había respondido ella, observando que iba vestido de manera más informal de lo habitual, con pantalones cortos y una camisa roja oscura, de manga corta, desabrochada casi hasta la cintura.

–Pensé que tenías una bicicleta.

–No la he encontrado. Al parecer, alguien la ha tomado prestada.

–¿Sin tu permiso?

Dana se había encogido de hombros.

–Evidentemente. De todos modos, me vendrá bien el paseo –le había dicho ella, a pesar del calor.

–No estoy de acuerdo –había respondido él, abriendo la puerta del pasajero–. Sube.

–No, gracias, me las arreglaré. No se moleste.

–No quiero tener que obligarte a subir, así que haznos un favor a los dos y sube.

Dana había sentido ganas de mandarlo al infierno, pero se había controlado.

Así que había obedecido y se había abrochado el cinturón rápidamente, antes de que Zac se ofreciese a ayudarla.

–No suelo enfadarme –había añadido él.

–¿Pero no entiende, señor Belisandro, que tal vez no quiera que me lleve a casa? –había replicado ella en tono petulante.

–En ese caso, es una suerte que el trayecto sea corto. Además, tengo la sensación de que todavía no sabes lo que quieres. Y también pienso que deberías tener cuidado con lo que deseas.

El coche había arrancado y Dana había levantado el rostro hacia el soplo de aire.

–Solo he perdido la bicicleta –había dicho ella–. Y no suelo necesitar que me den consejos.

–Solo pretendía ser amable.

–No me gusta que me traten con condescendencia.

–En ese caso, cambiemos de tema. ¿Sabes quién tiene tu bicicleta?

–Creo que la tiene Janice Cotton, que trabaja en la cocina. Espero... que haya sido solo una broma.

–Pues qué sentido del humor tan raro –había comentado Zac.

–Así somos los ingleses para usted –había dicho ella–. Impredecibles.

–¿Tú también te incluyes en esa categoría?

–¿Por qué no?

–Porque puedo prever el futuro que te estás labrando. Has decidido mantener los pies en el suelo cuando podrías volar.

Dana se había puesto tensa.

–No sé a qué se refiere.

–*Che peccato*. Qué pena. Y qué predecible.

–No sabe nada de mí –había replicado ella–. Nada. ¿Qué le da derecho a especular?

–Esopo escribió una fábula acerca de un pequeño perro que, por culpa de la avaricia y de una fantasía mal entendida, perdió lo que más le importaba. Espero que no te ocurra lo mismo. Dana *mia*.

Habían llegado a lo alto de la colina en silencio y Dana había visto Mannion abajo, la casa que tan bien conocía, tan perfecta, tan deseada.

«Haré lo que haga falta para conseguirte», había pensado.

–No creo en las fábulas, señor Belisandro –había dicho con voz temblorosa–. Si cometo errores, los asumiré, pero no necesito que me dé consejos. Y no soy *su* Dana.

Él había contestado algo entre dientes, y después se había vuelto a hacer el silencio.

Más tarde, en la seguridad de su habitación, Dana se había dado cuenta de lo que había murmurado Zac:

–Todavía.

Aunque no podía ser. No tenía sentido.

Y ella no iba a darle más vueltas.

Capítulo 4

TÍA Joss la había mirado fijamente.

–¿Que no encuentras la bicicleta? Qué tontería, y qué típico de tu manera tan desordenada de vivir, ya me lo había comentado la señora Sansom. Pues tendrás que levantarte una hora antes e ir caminando. Y mañana, después de trabajar, irás en autobús a la ciudad, a ver qué bicicletas tiene Shaw de segunda mano. Te servirá de lección.

«Como si no hubiese tenido suficientes lecciones hoy», había pensado Dana.

Tenía dinero ahorrado, pero había pensado gastárselo en ropa, sobre todo, en un conjunto nuevo para la fiesta de cumpleaños de Adam. Necesitaba unas sandalias de tacón y algo que ponerse con la falda verde de flores blancas que se había hecho en clase de costura el trimestre anterior.

También había pensado en ir a la peluquería para cambiar completamente de estilo.

Pero todo eso tendría que esperar, y ella no tenía la culpa.

El encuentro con Zac Belisandro también la había afectado mucho, estaba nerviosa a pesar de haberse repetido una y otra vez que eran todo especulaciones.

¿Por qué no podía haberse encontrado a Adam, en vez de a Zac? Aunque en realidad tampoco le habría gustado que este último la viese cansada y sudorosa.

Después de trabajar ya no tenía tiempo ni energía

para jugar al tenis, ni para nada, así que tenía que encontrar otro modo de pasar tiempo con él.

Faltaban diez días para su cumpleaños, momento en que Serafina le regalaría Mannion, así que era la mejor oportunidad para conseguir que volviese a fijarse en ella y recordase el beso que habían compartido. Tenía que hacer que Adam quisiese más...

Pero, ¿cuánto más?

Lo último que quería era que Adam pensase que era una chica fácil, barata.

Todo lo contrario, tenía que enamorarse locamente de ella.

Ese era su objetivo, y nada ni nadie, en especial, Zac Belisandro, podrían evitarlo.

De hecho, no volvería a pensar en este.

Hasta que, a la mañana siguiente, había salido de casa y había encontrado su bicicleta apoyada contra la pared, junto con una cadena y un candado nuevos y una nota de papel pegada al sillín.

Por un momento, se había quedado traspuesta y había sentido una inexplicable mezcla de emociones.

Saludos. Z.B.

Enfadada, había arrancado el papel y lo había arrugado con la mano. ¿Cómo lo había hecho? ¿Tenía que buscarlo y darle las gracias?

También podía ponerle otra nota igual de escueta en el volante del coche, aunque no había querido que Zac pensase que le tenía miedo, que no se atrevía a enfrentarse a él.

Y como Dana no había querido que pensase aquello, se dijo que sería educada y le daría las gracias en persona.

Aunque con la certeza de que Zac no había hecho aquello por amabilidad, sino para demostrarle su poder.

Y aquello le había hecho recordar las palabras que había intercambiado con él el día anterior:

–No soy tu Dana.

–Todavía.

Si aquello era lo que había dicho, porque no estaba segura. Así que lo mejor que podía hacer era olvidarse de todo e ir a trabajar.

Sorprendentemente, aquel había resultado ser un día bastante tranquilo. Janice había llamado para decir que estaba enferma, así que cualquier posible confrontación tendría que esperar.

Y a Dana le había resultado un alivio no tener que estar todo el día en guardia. Al menos, en el trabajo...

Ni en Mannion tampoco, porque al llegar a casa había descubierto que Zac Belisandro tampoco estaba allí. Había vuelto a Londres, pero la mala noticia era que se había llevado a Adam con él.

Todo aquello se lo había contado Nicola, que la estaba esperando ansiosa con el último estreno de Disney.

–Serafina va a salir –le había dicho–. Y le ha dicho a la cocinera que podemos pedir una pizza si queremos.

–Genial, y además tenemos a Johnny Deep. Estupendo.

Habían disfrutado de la película en la pequeña sala de la televisión, y se disponían a comer las pizzas cuando Adam había entrado en la habitación.

–Así que aquí estabais escondidas. Pensé que no había nadie en casa.

–Y yo, que te ibas a quedar en Londres –había contestado Nicola.

–He cambiado de idea. He debido de oler la pizza.

Se había sentado entre ambas y había tomado un trozo de pizza de cada caja.

–Eh, que tú ya has cenado –había protestado Nicola, indignada.

–Pero hace mucho rato y era una comida de negocios, así que no he podido comer a gusto.

–¿Y qué tal ha ido? –le había preguntado Nicola.

–Ha ido –había respondido él–. Ahora, hazme un favor y ve a buscarme una cerveza.

Al quedarse a solas con él, Dana se había puesto tensa. Era una oportunidad que no podía dejar escapar, pero ¿cómo utilizarla?

Adam había tomado otro trozo de su pizza.

–Ten cuidado –le había dicho–, o me la comeré toda.

–No pasa nada, no tengo mucha hambre.

–No puedes estar a régimen –había contestado él, estudiándola con la mirada, sonriendo–. Podrías desaparecer del todo, y eso sería una tragedia.

Su mirada se había detenido en su pecho.

–Se te ha caído un trozo.

Ella había bajado la vista para descubrir, horrorizada, que tenía un trozo de *pepperoni* en la camiseta.

Antes de que hubiese podido remediar la situación, Adam se lo había quitado, rozándole la curva de los pechos un instante antes de meterse el trozo de carne en la boca.

–Delicioso –había comentado, sonriendo–. No me puedo resistir... al *pepperoni*.

Dana se había quedado sin palabras, consciente de que se había ruborizado.

–Qué bonita eres –había dicho entonces Adam–. Casi se me había olvidado que las chicas se pueden ruborizar.

Entonces se había inclinado hacia ella y Dana había sabido que la iba a besar, pero no había sabido cómo reaccionar. Entonces habían oído llegar a Nicola y Adam se había apartado y había tomado otro trozo de pizza mientras se sentaba en la otra punta del sofá y la miraba con complicidad.

–He visto el coche de Serafina en el camino –había anunciado Nicola al entrar.

Adam se había puesto en pie rápidamente.

–En ese caso, la cerveza tendrá que esperar. Antes tengo que redactar el informe.

–¿Qué informe? –le había preguntado Dana a Nicola mientras llevaban las cajas vacías de las pizzas a la cocina.

–La empresa de relaciones públicas de Adam tiene problemas y tal vez tenga que cerrarla. Los clientes se están viendo afectados por la recesión, pero Adam podría empezar a trabajar para Belisandro Europe, así que la cena de hoy ha sido, en resumen, como una entrevista de trabajo.

Nicola había suspirado.

–Tendrá que aceptar la oferta, pero no le va a ser fácil, después de haber sido su propio jefe.

Dana se había sentido mal por él. Pobre Adam, tener que estar a las órdenes de Zac Belisandro.

De camino a su habitación también había pensado que aquel trabajo implicaría una conexión todavía mayor entre Mannion y la familia Belisandro.

No se había quedado convencida con el top blanco. Cada vez que se lo había probado le había parecido más pequeño, le cubría los pechos justo por encima de los pezones y solo le llegaba a la mitad del abdomen, por lo que no podría llevar sujetador.

Pero se había gastado casi todo el dinero en las sandalias y, además, cuando había visto el top en el mercado no le había parecido tan revelador.

Había podido imaginarse lo que le diría su tía Joss si la veía, y había decidido que no podía verla.

En realidad, lo único que le había importado había sido la reacción de Adam.

Desde la noche de la pizza, este había ido a Mannion con más frecuencia, y no solo para hablar de negocios, y Dana había tenido que esforzarse para que no se le notase lo contenta que estaba.

Adam también había tenido cuidado y todos sus encuentros habían sido momentos robados, murmullos, rápidos besos.

Cosa que a Dana le había bastado, teniendo la promesa de que habría mucho más.

La noche anterior ella le había preguntado qué quería como regalo de cumpleaños, y él había sonreído antes de susurrar:

—Ya sabes lo que quiero, cariño.

Esa noche, en la fiesta, Adam se las arreglaría para que pudiesen pasar un rato a solas. Se lo había prometido.

Y a pesar de que Dana se había sentido nerviosa, había tenido claro su objetivo, y si aquello era necesario para conseguirlo...

Había respirado hondo, se había quitado la ropa y la había escondido debajo de los uniformes del colegio.

Justo en ese momento, había llegado su tía.

—¿Todavía no estás vestida? –había exclamado.

—Es que tenía mucho calor y estaba sudando, así que me voy a dar una ducha y a lavarme el pelo.

—Pues date prisa. El párroco estará aquí dentro de media hora.

—¿El señor Reynolds? ¿Por qué?

—Su hija y el marido de esta están de visita, así que van a venir los tres a la fiesta, pero en el último momento se han quedado sin niñera y la señora Latimer les ha propuesto que fueses tú a cuidar de Tim y Molly.

—No puedo.

Su tía había fruncido el ceño.

—Supongo que no tendrías pensado asistir a la fiesta, porque ya lo puedes ir olvidando. La lista de invitados es muy reducida, y si Nicola te ha invitado, muy mal hecho por su parte, a la señora Latimer no le gustará.

Luego había hecho una pausa antes de añadir:

—Date prisa y dúchate.

Y Dana se había duchado, furiosa, porque todos sus planes se habían estropeado y no había nada que pudiese hacer. Nada.

–Es todo un detalle por tu parte –le había dicho el señor Reynolds, nervioso–. Sé que preferirías estar con tus amigas, así que te lo agradecemos todavía más.

Después de una pausa, había continuado:

–Los niños ya están dormidos. No suelen despertarse a media noche y, de todos modos, no estaremos mucho rato en la fiesta. Mañana trabajo.

Dana le había devuelto la sonrisa, diciéndose que él no tenía la culpa de que le hubiesen estropeado el plan.

Cualquier otro día se habría alegrado de pasar la noche en el cómodo salón de la casa parroquial, comiéndose una generosa ración del famoso pastel de carne de la señora Reynolds, un cuenco de tomates del huerto y un plato de fresas, también del jardín, pero esa noche, no.

–No espero ninguna llamada –le había dicho el señor Reynolds–, pero te he dejado anotado mi número de teléfono móvil por si acaso.

Dana había asentido.

–Hasta luego –había dicho, sin ser capaz de desearle que se lo pasase bien.

Había cenado y estaba viendo una película de Agatha Christie en televisión cuando había sonado el teléfono.

–Casa parroquial. Buenas noches –había contestado.

–Buenas noches –le había contestado una voz que le era muy familiar–. ¿Es la niñera?

–¿Adam?

–¿Quién si no? Solo quería recordarte que hemos quedado, aunque sea más tarde de lo previsto. Sugiero que nos veamos en la casa de verano. Cuando los Reynolds te traigan de vuelta, toma la llave y nos veremos allí. Aunque yo quizás no pueda escaparme hasta después de la medianoche.

–De acuerdo, al llegar, iré a darle las buenas noches a mi tía y le diré que me duele la cabeza.

Adam se había echado a reír.

–No utilices la misma excusa conmigo, cariño. Nos vemos en la casa de verano, pon la llave por dentro y no abras las contraventanas. ¿Te gusta el champán?

–No lo he probado nunca.

–Ah –había respondido Adam–. Otra primera vez. Qué ganas.

Dana había colgado el teléfono con cuidado y se había mirado en el espejo mientras sentía una mezcla de emoción y aprensión.

Todo estaba yendo demasiado deprisa y no estaba segura de estar preparada...

«Me las arreglaré», había pensado. Porque ya no había marcha atrás.

A pesar de ser temprano, Dana había estado demasiado nerviosa para quedarse esperando en su habitación a que llegase la hora a la que había quedado con Adam, así que había metido una sábana arrugada en su cama, para que si alguien abría la puerta pensase que estaba dormida, y había salido.

Había tenido que caminar con cuidado porque se había puesto las sandalias de tacón y no había luna.

Por el camino, había oído la música de la discoteca, que en esos momentos era lenta, lo que marcaba el final de la fiesta. Tal vez Adam estuviese bailando con alguien, pero después acudiría a ella, y Dana había preferido no pensar en otra cosa.

Había abierto la puerta y, tras entrar, había puesto la llave por dentro, tal y como Adam le había pedido.

Luego había ido con cuidado hasta el sofá, se había quitado las sandalias y se había hecho un ovillo mientras lo esperaba.

El tiempo había pasado muy despacio, y entonces la música había dejado de sonar y ella se había quedado dormida.

Por eso se había sobresaltado al oír que se abría la puerta.

—Por fin estás aquí. ¿Por qué has cerrado con llave?

La respuesta había sido una suave carcajada y había aspirado el olor a colonia cara, masculina.

Y, completamente a ciegas, había sentido cómo se sentaba a su lado y la abrazaba, pero ella había apoyado las manos en su pecho porque, antes, tenían que hablar. Y quería que encendiesen las velas y poder verle la cara mientras le decía lo que le tenía que decir.

—Adam.

Este había puesto un dedo en sus labios para hacerla callar.

La había besado en el pelo, en la frente, en los ojos cerrados y en la mejilla antes de bajar a la boca, que había tomado con cuidado. Y Dana se había aferrado a sus hombros.

Para ella había sido como un sueño del que no quería despertar.

Él había vuelto a besarla, cada vez de manera más íntima. Le había enseñado lo maravilloso que podía llegar a ser un beso cuando no se tenía prisa. Cuando no se tenía miedo a las interrupciones.

Al mismo tiempo, le había acariciado el cuello, la curva del hombro y la espalda.

Y Dana había arqueado la espalda involuntariamente, hacia él, que la había agarrado por debajo de las rodillas para sentarla en su regazo.

Después, había vuelto a besarla y le había acariciado un pecho por debajo del top.

Había sido la primera vez que un hombre la había acariciado de manera tan íntima y ella había sabido que tenía que parar si es que iba a hacerlo.

–Adam, me tienes que escuchar... –le había dicho con voz ronca, casi irreconocible.

Y él había vuelto a responder apoyando un dedo en sus labios.

Le había desabrochado el top y se lo había quitado e, inclinándose, había tomado su pecho con la boca y lo había chupado con cuidado.

Mientras tanto, había empezado a desabrocharle también la falda para quitársela. Y después de hacerlo la había vuelto a besar en los labios y había empezado a pasar una mano por sus muslos, deteniéndose en el borde de las braguitas de encaje.

Había estado tan ensimismada con sus besos y sus caricias que había tardado en darse cuenta... de algo. De un ruido que había hecho que volviese a la realidad.

Había alguien fuera, intentando abrir la puerta. Golpeándola con frustración.

–¿Dana? ¿Estás ahí? Date prisa y abre la puerta, cariño –había dicho Adam en voz baja.

Y ella se había quedado inmóvil. Porque si no era Adam el que le estaba haciendo el amor...

Había intentado zafarse de los brazos de aquel hombre, pero no lo había conseguido. Y él la había hecho callar con un beso.

–Dana, abre la maldita puerta –había repetido Adam, impaciente.

Pero después se había marchado.

Y entonces se había levantado Dana del sofá y Zac Belisandro le había dicho:

–Me temo que se ha llevado una decepción.

Capítulo 5

COMO si se hubiese convertido en piedra, Dana no había sido capaz de moverse, ni de hablar. Se había dicho a sí misma que aquello era una pesadilla, que no podían haberla engañado así.

Que pronto se despertaría en su cama, en casa, sana y salva.

Y, entonces, las pequeñas velas que había encima de la mesa se habían empezado a encender.

Zac la había mirado con los ojos brillantes. Recordándole que, mientras que él seguía completamente vestido, ella solo tenía ropa interior.

Dana había tomado la falda que había a sus pies y, con manos temblorosas, se había tapado con ella a pesar de saber que era demasiado tarde.

Porque Zac ya la había visto y la había tocado demasiado y porque ella sabía que, de no haber sido por Adam, a esas alturas habría estado completamente desnuda, y no habría sido capaz de negarle nada.

–¿Por qué? ¿Cómo has podido hacer esto? –le había preguntado cuando por fin había podido hablar.

Él se había encogido de hombros.

–¿Por qué no? Te habías ofrecido, y no es fácil encontrar a una virgen, así que es normal que haya caído en la tentación.

–Eres odioso. Me das asco.

–Cómo lo siento –había contestado él–. Y yo que pensaba que estabas disfrutando con mis atenciones.

–Y no me había... ofrecido.

–Ah, entonces es que piensas que estás realmente enamorada. Tal vez lo estés, pero no de Adam.

–No sabes nada de mí –había replicado ella, furiosa–. Nada.

–Sé mucho más de ti, *mia bella*, que tu supuesto *inamorato*. Y si no hubiese sido por la interrupción, habría terminado de saberlo todo, así que no vamos a fingir lo contrario.

–Ojalá pudiese arrancarme la piel que has tocado –rugió ella.

–Eso es una tontería. Limítate a dar gracias de que sigues siendo virgen y piensa que, cuando decidas perder la virginidad, será mejor que lo hagas con el hombre adecuado. Ahora, vístete y vete a casa antes de que se den cuenta de que no estás.

Ella había dudado un instante, y Zac había añadido:

–¿O prefieres que exploremos juntos las infinitas posibilidades de la noche?

–Eso, jamás. Ya antes de esta noche pensaba que eras odioso –le había contestado ella casi sin aliento–. ¿Piensas que si lo hubiese sabido... te habría dejado acercarte a mí?

–Qué pregunta. Es una pregunta a la que ninguno de los dos podemos contestar, pero yo tengo otra. ¿Cómo es posible que no te hayas dado cuenta de que no era Adam? Y, si tan poco íntima era vuestra relación hasta ahora, ¿qué hacías viniendo aquí?

–Adam es un hombre decente y honrado –había replicado Dana–. Confío en él.

–Ah, en ese caso, no hay nada más que decir. Vístete y pongamos fin a esta comedia.

«Comedia», había pensado ella con incredulidad. Zac lo había estropeado todo y le resultaba gracioso.

–No me mires.

Zac se había dado la vuelta mientras ella se vestía con manos temblorosas, había ordenado los cojines del sofá, había ido a abrir la puerta y después había apagado las velas.

Al darse la vuelta y verla esperando junto a la puerta, había arqueado las cejas.

—¿Quieres que te acompañe a casa? —había preguntado con cinismo—. Y, si lo hago, ¿me lo agradecerás con un beso?

—La respuesta es no en ambos casos. Estoy esperando a que me des la llave, tengo que devolverla.

—Yo lo haré y sugeriré, tal vez, que la guarden en un lugar más aseguro. Antes de que te marches, Dana *mia*, solo quiero advertirte que deberías irte de Mannion. No es un lugar para ti. Intenta buscar tu futuro en otra parte.

—No me digas lo que tengo que hacer. ¿Qué derecho tienes a interferir, a darme consejos? Mantente alejado de mí.

Dicho aquello, había salido por la puerta y había vuelto a casa con las piernas temblorosas. Tenía ganas de llorar y un nudo en la garganta, pero se había negado a romperse.

Después de buscar la llave en el macetero en el que solía esconderla, había subido a su habitación pensando en darse una ducha, pero no había querido arriesgarse a que tía Joss la oyera.

Y, de todos modos, ni todo el jabón del mundo habría podido borrar el recuerdo de sus caricias, cómo la había hecho sentirse Zac y, lo que era peor, lo que la había hecho desear.

Así que se había limitado a desnudarse, esconder la ropa en el fondo del armario y meterse en la cama.

Una vez allí, por fin se había puesto a llorar.

¿Cómo no se había dado cuenta de que no era Adam? ¿Por qué no había sido Adam?

Y, haciéndose aquellas preguntas, se había quedado dormida.

Al sonar la alarma, casi se había sentido aliviada por tener que irse a trabajar.

Algunos de los invitados a la fiesta se habían alojado en el Royal Oak y disfrutaron del desayuno de los domingos, así que Dana no había terminado de hacer las habitaciones hasta la hora de comer.

Al bajar la ropa de cama sucia, se había encontrado con la señora Sansom, muy seria, con un sobre en la mano.

–Tu salario –le había dicho–, que, dadas las circunstancias, es generoso. Sin previo aviso ni consideraciones. Sin duda, en el trabajo de Londres te irá mucho mejor.

–¿Qué trabajo en Londres? –había repetido Dana confundida–. No lo entiendo.

–Eso no es asunto mío. Tengo que encontrar a otra persona cuanto antes –le había contestado la señora Sansom antes de marcharse.

Dana nunca había llegado a casa en tan poco tiempo. Nada más entrar, había visto su maleta en el pasillo.

–Ven aquí, Dana –la había llamado tía Joss en tono serio desde la cocina.

Estaba sentada a la mesa, con expresión sombría.

–¿Qué ocurre? –le había preguntado ella–. La señora Sansom acaba de despedirme.

–No, he sido yo la que la ha llamado para decirle que te marchabas a Londres hoy mismo.

–Pero... ¿por qué?

–Porque la señora Latimer no quiere que estés en Mannion. Por desgracia, ha recibido una queja de uno de sus invitados, que te acusa de haberte insinuado y de haberle hecho proposiciones deshonestas. Así que tienes que marcharte inmediatamente.

Dana se había acercado a la mesa y se había dejado caer en una silla.

Había recordado las palabras de Zac.

–Yo que pensaba que bastante vergüenza me había causado ya mi hermana –había continuado tía Joss–. Pensé que habrías aprendido de ella, pero tenía que haberme dado cuenta de que, de tal palo, tal astilla.

Había hecho una pausa.

–¿No tienes nada que decir?

Dana no había podido hablar, había tenido que hacer un gran esfuerzo.

–Que no es verdad. Que... está mintiendo.

Su tía había suspirado.

–Cómo no. ¿Por qué te acusaría alguien de su posición si no tuviese motivos? No tiene sentido.

Dana había sabido que no tendría sentido si no lo contaba todo, y no podía hacerlo.

–Mientras hacía tus maletas, he encontrado esto –le había dicho su tía, mostrándole la ropa del día anterior–. ¿De dónde ha salido?

–Pensaba... ponérmelo para la fiesta.

–No me digas más. Nos iremos después de comer.

–Pero si esta es mi casa. ¿Y el colegio? ¿Y los exámenes del año que viene?

–Los actos tienen consecuencias –le había dicho su tía–. La señora Latimer se siente completamente traicionada y no quiere seguir financiando tu educación. En el futuro, tendrás que trabajar para vivir.

Había hecho una pausa.

–Los niños de los Heston se han recuperado de la varicela y su madre sigue necesitando ayuda. La señora Latimer me ha dado la tarde libre para que te acompañe a Bayswater. No quiere verte antes de que te marches.

Dana había guardado silencio un instante.

–¿Puedo despedirme de Nicola?

–Su hermano la ha llevado a casa de una amiga en Shropshire. Se te considera una mala influencia y no quieren que contactes con ella en el futuro –le había dicho su tía, poniéndose en pie–. Si te parece duro, piensa que la única culpable eres tú.

Dana había sentido náuseas.

–¿Solo yo? –había repetido entre dientes–. No estoy de acuerdo. A partir de ahora, y durante el resto de mi vida, culparé de ello a Zac Belisandro.

Y lo había dicho de corazón.

Siete años más tarde, todavía lo culpaba. Todavía lo odiaba por lo que le había hecho. Y por lo que todavía podía hacerle...

Pero ya no era una chica vulnerable y fácil de asustar. Estaba a su altura, o más.

Volver al pasado no cambiaba nada, así que, a partir de entonces, iba a canalizar toda su energía en el presente y en el futuro. Con Adam.

A la mañana siguiente se despertó demasiado temprano, como si tuviese que ir a trabajar, pero pensó que merecía la pena porque hacía un día soleado, de cielo azul.

Así que se dio un buen baño y después se puso unos pantalones capri de lino blanco y una camisa amplia de color turquesa, y bajó al piso de abajo en silencio. Al llegar al salón, salió directamente a la terraza.

El aire olía a limpio y a fresco después de la lluvia y los prados brillaban.

«Todo va bien», pensó Dana, respirando hondo. O casi todo.

Durante un rato, Mannion fue toda suya.

Paseó por el jardín y, sin darse cuenta, llegó al antiguo invernadero, que habían convertido en piscina. Allí se detuvo un instante a contemplar el brillo del agua a través del cristal y sus ondulaciones. Descubrió que estas se debían a que había alguien nadando. Vio una cabeza morena y un brazo bronceado.

Así que no tenía Mannion para ella sola. Había otro madrugador.

El nadador llegó al borde de la piscina y salió de ella con un rápido movimiento.

Desnudo, Zac Belisandro se acercó a una tumbona, tomó una toalla y empezó a secarse.

Dana se quedó inmóvil, con el corazón acelerado.

«Que no se dé la vuelta», imploró en silencio. «Que no me vea».

Empezó a retroceder lentamente hasta que llegó a la esquina de la casa y pudo ponerse a salvo.

Allí intentó recuperar la respiración.

Tenía que encontrar la manera de superar lo ocurrido siete años antes. En esos momentos, tenía además en la mente la imagen de su cuerpo desnudo.

«Cálmate», se dijo. Tenía que concentrarse en la manera de volver a despertar el interés de Adam sin alertar a su adversario, al que no había querido volver a ver, ni vestido ni desnudo.

Por miedo a que la viesen allí, volvió a su habitación. Tomó su bolso, se subió al coche y se marchó, no en dirección al pueblo, sino hacia Rankins Lock.

Aparcó y recorrió el camino que bordeaba el canal. Estaba muy tranquilo. La media docena de barcas que había en él estaban en silencio, pero la cafetería que había cerca estaba abierta.

Tal vez el café la ayudase a aclararse las ideas.

Al entrar, vio a una mujer detrás del mostrador. La reconoció en cuanto se irguió: Janice Cotton. Su instinto le aconsejó que se marchase, pero aquello habría sido un signo de debilidad.

«Vaya adonde vaya, me encuentro a la última persona a la que quiero ver», pensó.

–Dana Grantham, qué sorpresa. ¿Qué haces por aquí?

–Estoy solo de visita –replicó ella–. Querría un café, solo, por favor.

Janice llenó un vaso de papel con el contenido de una cafetera ya preparada y se lo dio.

–Tienes buen aspecto. ¿Sigues con aquel tipo rico con el que te fuiste?

Dana la miró fijamente.

–No te entiendo.

–El tipo moreno que vino a por la bicicleta. Por su culpa, mi padre me echó una buena regañina.

–Yo no tuve nada que ver –respondió Dana–. Y no me fui con él. No se me ocurriría ir a ninguna parte con ese hombre.

–Pues cuando los dos desaparecisteis de repente, todo el mundo pensó que os habíais ido juntos.

–Pues no. Y yo no desaparecí. Acepté un trabajo que me habían ofrecido en Londres. Siento no haber puesto un anuncio en el periódico.

Janice la miró fijamente.

–En cualquier caso, debías de gustarle, si no, no se habría puesto así por una bicicleta.

A Dana se le había secado la boca de repente.

–No sé. Toma el dinero del café, me lo tomaré fuera.

Janice se encogió de hombros.

–Como quieras.

Dana no podía dejar de darle vueltas a la cabeza mientras se sentó en un banco frente al canal.

Suponía que era inevitable que se hubiese hablado de su repentina marcha. Era normal en un pueblo. Pero el hecho de que la hubiesen relacionado con Zac hizo que volviese a sentir vergüenza y amargura.

Pensó que era un manipulador, que había hecho todo lo posible para que la echaran de Mannion.

Pero en esa ocasión ya lo conocía, y no volvería a dejarse engañar.

Además, con Adam tenían un tema por zanjar, lo que siempre suponía una tentación. E iba a hacerlo esperar, y desear, manteniendo las distancias mientras con una sonrisa le prometía el mundo.

Zac Belisandro no podría evitarlo. Y, en esa ocasión, saldría perdiendo él.

Pensó que cuando volviese a casa todo el mundo estaría desayunando, pero, si bien estaban reunidos en el salón, el ambiente no era precisamente distendido.

La conversación era apagada. Adam estaba sentado en una de las cabeceras de la mesa, con gesto frío, y Mimi Latimer estaba en la otra punta, con cara de mártir.

El coro de saludos que la recibió hizo que Dana sintiese que su llegada había sido un alivio.

En particular, para Nicola.

—Aquí estás —exclamó—. Te he puesto una taza de té hace un rato y me estaba preguntando dónde andarías.

—Estaba visitando lugares del pasado —respondió ella.

Y luego, mirando a la señorita Latimer, añadió:

—Siento llegar tarde.

Se puso tensa al darse cuenta de a quién tenía enfrente.

—Has debido de levantarte al amanecer, como Zac —comentó Nicola—. Ya ha estado nadando esta mañana. Qué energía.

—A lo mejor es que le gusta tener la piscina para él solo —dijo Eddie.

—Todo lo contrario —respondió Zac—. De hecho, por un instante he tenido la esperanza de tener compañía, pero, por desgracia, no ha sido así.

A Dana se le había quitado el hambre, pero se obligó a comer. Cortó el beicon en trozos muy pequeños, deseando que fuese Zac lo que estuviese bajo el cuchillo. Estaba que le iba a dar un ataque, al enterarse de que Zac la había visto aquella mañana, pero, al mismo tiempo, no quería mostrar ninguna reacción.

La señora Marchwood se inclinó hacia delante.

–Supongo que, trabajando para Jarvis Stratton, Dana, debes de conocer a personas fascinantes.

Esta sonrió.

–El trabajo tiene momentos de todo, pero lo que más me gusta es emparejar personas y propiedades. Encontrar para cada cliente un lugar que le vaya a encantar.

–¿Agente inmobiliaria y filántropa al mismo tiempo? –preguntó Zac–. Una combinación única. Aunque no debemos olvidar que te llevas una buena comisión.

–Es cierto –respondió ella–. Yo también necesito vivir en alguna parte.

–¿Siempre quisiste dedicarte a vender casas, querida? –volvió a preguntar la señora Marchwood.

Dana negó con la cabeza.

–Fue una casualidad. Estaba trabajando en una casa cuando sus dueños quisieron venderla, pero tenían muchos problemas para hacerlo.

–¿Por la recesión? –preguntó Eddie.

–En parte –admitió Dana–, aunque también había otros motivos.

–¿Como cuáles? –preguntó Emily.

Dana dudó. El precio. Y el estado de la casa.

–Yo tenía la sensación de que el único que quería vender la casa era el marido. La esposa no estaba preparada para deshacerse de ella. Es algo que ocurre con frecuencia.

–¿Y qué pasó? –volvió a preguntar la señora Marchwood.

–La familia había ido a pasar un fin de semana con

unos amigos y llamaron de Jarvis Stratton para preguntar si podían llevar a un cliente a ver la casa aquella tarde. Dije que sí.

Hizo una pausa antes de continuar:

—Recogí un poco —continuó, y les contó cómo le había dado una vuelta a la casa entera en cinco horas—. Y, aunque no es normal en ellos, el agente inmobiliario llegó muy tarde, así que fui yo la que le enseñó la casa a los clientes.

Se encogió de hombros.

—Hice como si hubiese sido mi casa, un lugar que me encantaba, en el que era feliz y del que me costaba deshacerme. Y debió de funcionar, porque cuando el agente apareció, después de haber tenido un accidente de tráfico, los clientes le hicieron una oferta y le dijeron que yo era una magnífica agente inmobiliaria.

Hizo una pausa.

—Una semana después tenía trabajo.

—La chica con el toque mágico —comentó Zac en tono irónico—. ¿Y sigues fingiendo que las casas de otras personas son tuyas?

—¿Qué tiene de malo? —le respondió ella, dirigiéndole una mirada desafiante—. Si funciona.

Él asintió.

—¿Y cómo venderías Mannion?

—¡No la vendería! —respondió ella sin pensarlo, y dándose cuenta al instante de que había cometido un error.

Intentó salvar la situación.

—Mannion es una propiedad en el campo, por lo que la llevaría otro departamento de la empresa. Por desgracia, no podría encargarme yo —añadió, sirviéndose más café.

Y después pensó que tenía que tener cuidado, mucho, mucho cuidado.

Capítulo 6

DANA se sintió aliviada cuando pudo levantarse de la mesa y salir a la terraza con Nicola.

–Vaya comienzo de día –comentó esta, dejándose caer en una silla–. No sé a cuál de los dos me gustaría matar antes, si a Adam o a tía Mimi.

–¿Qué ha ocurrido?

–Tía Mimi ha decidido darle una lección a Adam acerca de cómo debería comportarse como dueño de Mannion, le ha dicho que tiene que aceptar sus responsabilidades, casarse, tener un heredero –le explicó Nicola, poniendo los ojos en blanco–. Y ha terminado animándolo a hacer las paces con Robina.

Hizo una pausa antes de continuar:

–Y Adam le ha replicado que iba a vivir su vida como quisiese. Y te estoy ahorrando los improperios. Todo eso, antes de los cereales.

Nicola suspiró.

–Siento que la Inquisición te haya querido acorralar a ti también.

–No pasa nada –respondió Dana.

–Tía Mimi es una persona con poco tacto, a la que le gusta medrar –añadió Nicola–, pero no puedo olvidar cómo se portó conmigo cuando mis padres se divorciaron. Me llevaba al cine, al zoo, al museo de cera, y luego íbamos a tomar el té.

Después añadió:

–A Adam, no. Era demasiado mayor. En una ocasión se dignó a venir con nosotras al Museo de Ciencias Naturales, pero desapareció a media tarde. Tía Mimi se preocupó mucho, pensó que lo habían secuestrado, o que se lo había comido un dinosaurio, pero él se había marchado porque se aburría.

Volvió a suspirar.

–Estoy preocupada por ella porque ya no tiene una buena posición económica. Ese es el motivo por el que Serafina le permite pasar tanto tiempo aquí, pero, dentro de unos días, cuando Mannion pertenezca a Adam, me temo que se tendrá que marchar.

–Seguro que no –respondió Dana rápidamente.

–Adam puede llegar a ser muy rencoroso –dijo Nicola–, pero no es tu problema. Lo que quería decirte en realidad es que vamos a ir todos al castillo de Hastonbury, menos Adam y Zac, que van a ir a jugar al golf. ¿Te gustaría acompañarnos?

Dana dudó.

–Si te soy sincera, preferiría quedarme aquí. Los sábados suelo tener mucho trabajo, y es un alivio poder pasar el día sin hacer nada.

–Como quieras –le respondió Nicola–. Le diré a la señora Harris que te traiga más café y el periódico. Hasta luego.

El café y el periódico llegaron, y Dana se puso a hacer crucigramas, aunque no consiguió dejar de pensar en lo que Nicola le había comentado acerca de la señorita Latimer. Se sentía un poco incómoda.

Si bien sabía que jamás serían amigas, Adam tenía que darse cuenta de que no era más que una señora mayor, y bastante tonta. Además, en cierto modo tenía razón, Adam necesitaba una esposa, e hijos.

Aquel era un aspecto que Dana no había contemplado hasta entonces. Solo había pensado en ganar, en conseguir lo que quería, y no en lo que se le exigiría a ella a cambio.

Pero no iba a preocuparse demasiado. No ansiaba ser madre, pero lo consideraba una consecuencia natural del matrimonio y lidiaría con ella cuando llegase el momento.

Hasta entonces, dejaría que pasase el tiempo.

—Despierta, Bella Durmiente.

Oyó aquellas palabras como parte de un sueño. Estaba en una cama muy blanda y entre unos brazos, los brazos de Adam.

Sonrió, abrió los ojos y vio a Adam, al verdadero Adam, inclinándose sobre ella.

—Vaya —dijo, poniéndose recta y atusándose el pelo—. No me digas que estaba roncando.

—No, no te preocupes. Palabra de scout.

—Apuesto a que nunca fuiste a los scouts. ¿Lo has pasado bien jugando al golf?

—No hemos jugado. Al parecer, Zac tenía otros planes, así que he pasado más tiempo en el *driving range* —comentó, y después de una pausa, añadió—: ¿A ti te han gustado las ruinas?

—Ya las conocía.

—Pero hacía mucho tiempo que no ibas.

Otra pausa.

—¿Piensas alguna vez en aquella época, en cuando vivías aquí?

Dana contuvo una carcajada histérica y se encogió de hombros.

—Intento no pensar en el pasado —mintió—. Prefiero mirar al futuro.

Adam tomó una silla y se sentó a su lado.

—Te veo muy distinta.

—Bueno, ya no soy una niña, eso es evidente.

–Ya me he dado cuenta, pero hay... cosas que recuerdo de aquella época.

Parecía incómodo.

–Cosas que, tal vez, no debieron haber ocurrido.

A Dana le dio un vuelto col corazón, pero dijo con voz tranquila:

–De eso hace mucho tiempo, ambos hemos cambiado. Tal vez deberíamos olvidarnos del pasado.

Él clavó los ojos azules en los suyos y dijo muy lentamente:

–Yo no estoy seguro de querer olvidar... nada.

Dana esperó a que Adam tomase su mano y tirase de ella.

Pero en ese preciso momento apareció una sombra en la terraza.

–Ah, aquí estáis –dijo Zac–. Qué suerte. Así podréis disfrutar juntos de la sorpresa.

Se giró hacia la chica alta y rubia que se había quedado en las puertas de cristal, ataviada con un minúsculo vestido azul.

–Robina, *cara* –añadió con voz melosa–. Ven aquí y vuelve a hacer de Adam un hombre feliz.

Se hizo un silencio que bien podría haberse cortado con cuchillo. Adam se levantó muy despacio de su silla.

–Robina, cariño, ¿de dónde sales?

Atravesó la terraza para acercarse a ella.

–De la estación de trenes –respondió esta riendo–. He llamado a Zac hace un rato y le he pedido que pasase a recogerme. ¿No te parece una bonita sorpresa?

«Muévete», se dijo Dana mientras Robina apoyaba las manos en los hombros de Adam y le ofrecía los labios para que le diese un beso. «Levántate y sé educada. No demuestres frustración ni decepción, porque te están observando».

Su cuerpo se había puesto tenso y no quería obedecer, pero se levantó y el periódico cayó de su regazo.

Los vio darse un beso y esperó sentir celos, pero lo que sintió fue ira. Y no estaba dirigida a Adam ni a la chica, sino a Zac, que estaba en silencio, observando la escena.

—Adam, ¿no nos vas a presentar? —preguntó Dana alegremente.

—Por supuesto —respondió este—. Dana Grantham, te presento a Robina Simmons.

—Soy amiga de la hermana de Adam —le dijo Dana a la otra mujer, que le tendió una mano lánguida—. Habíamos perdido el contacto, así que estamos aprovechando este fin de semana para ponernos al día.

Robina asintió.

—Y Mannion es un lugar precioso para hacerlo. Siempre he pensado que es un pequeño paraíso.

«Con serpiente incluida», pensó Dana.

—Bueno —intervino Adam—. Vamos a llevar tus cosas arriba, cariño.

Y la pareja desapareció dentro de la casa, charlando animadamente.

Zac rompió el tenso silencio.

—Tienes que entender que estás perdiendo el tiempo.

Dana no había esperado que fuese tan directo, por un momento, se sintió desequilibrada.

Pero fue solo un momento.

—¿Por qué sigues queriendo estropearme un agradable fin de semana en el campo? —inquirió con frialdad—. Al fin y al cabo, trabajo muy duro.

Él asintió, pensativo.

—Sí, en eso tienes razón. Te he visto hacerlo. Pero no tenías que haber venido.

—No soy su invitada, señor Belisandro —respondió ella, levantando la barbilla—. Que no se le olvide.

—No se preocupe, *signorina*, que no se me olvida.

Y entonces la miró fijamente, no con enfado, sino con deseo.

A Dana se le secó la boca y retrocedió un paso. Pisó el periódico y el bolígrafo que habían caído al suelo y se inclinó para recogerlos, pero Zac se le adelantó y miró el crucigrama sin terminar.

–La catorce vertical es Azerbaiyán.

–Termínalo tú, ya que parece que tienes todas las respuestas –le dijo ella, dándose la vuelta y entrando en la casa.

Su habitación era como un horno incluso con la ventana abierta, aunque Dana también estaba ardiendo por dentro. Cerró la puerta de un golpe y se apoyó en ella.

Se preguntó por qué hacía Zac aquello. Dirigía una organización multinacional desplegada por todo el mundo. Su única relación con los Latimer era que su padre y Serafina eran primos.

¿Qué más le daba con quién se casase Adam?

Aquello era como jugar al ajedrez con un gran maestro. Como si todos los movimientos que hacía Dana se viesen bloqueados por un burlón jaque, como si cada vez tuviese menos posibilidades y estuviese a punto de tirar la toalla y entregar la partida.

Porque eso era lo que quería hacer en ese momento. Quería inventarse que le había surgido una emergencia y que tenía que marcharse. Y concentrar todas sus energías en su carrera. Tal vez podría ser feliz con otra relación, pero...

¿Cómo iba a estar tranquila si se dejaba aplastar así? No podía rendirse y olvidarse de Mannion sin pelear. Mannion era lo que más quería en el mundo y, moral y emocionalmente, le pertenecía.

No podía quedarse el resto de la vida preguntándose si habría podido lograrlo.

Se dijo que la llegada de Robina no era más que un

contratiempo. Antes o después, Adam tomaría una decisión acerca de su futuro. Y Dana tenía que asegurarse de que ella, y nadie más, formaba parte de ese futuro.

Empezaría esa noche.

—Tía Mimi es como un perro con dos rabos —comentó Nicola coléricamente cuando fueron a dar un paseo por el jardín antes de cambiarse para la fiesta—. Ahora le está diciendo a todo el mundo que había sido solo una riña de enamorados. Y le ha comentado a mi futura suegra que, esta noche, cuando Adam brinde por nosotros, debería anunciar también su propio compromiso.

—Oh, vaya. ¿Y qué ha dicho tu futura suegra?

Nicola sonrió.

—Que la vida de Adam no es asunto de nadie, solo suyo.

Hizo una pausa.

—Lo que no entiendo es por qué ha intervenido Zac. Salvo que le guste Robina. Teniendo en cuenta los problemas de salud de su padre, supongo que tendrá mucha prisa por casarse.

—Pobre Robina —comentó Dana.

—Qué dices. Cuando Zac escoja esposa, dejará muchos corazones rotos por todo el mundo. Y no solo por lo rico que es. Se rumorea que es una fiera en la cama.

—¿Y quién cree los rumores? —preguntó Dana, apartándose un mechón de pelo de la cara, ruborizándose de repente.

Un rato después, se estudiaba satisfecha en el espejo. Aquella noche se había puesto un sencillo vestido negro, cerrado por delante, pero con un gran escote en la espalda. Se recogió el pelo en un moño suelto, dejando algunos mechones fuera, y se maquilló los ojos para que su mirada resultase misteriosa y exótica. Sin embargo, utilizó un pintalabios rosa claro, que contrastaba por su inocencia.

Pretendía llamar la atención de Adam y, aunque no sabía si lo conseguiría, al menos tenía que intentarlo.

Esperó deliberadamente hasta el último momento para bajar al salón, ya que quería ser la última en aparecer, pero no contó con la famosa impuntualidad de Robina, y cuando llegó al piso de abajo enseguida se dio cuenta de que Adam y su novia todavía no estaban allí.

Se maldijo, pero rio al ver que Eddie silbaba al verla y la recibía con una reverencia. Y evitó mirar hacia donde estaba Zac.

Lo había visto nada más entrar, vestido con un elegante chaqué negro. No pudo evitar recordar la última vez que lo había visto así.

Por desgracia, no lo podía olvidar.

Se acercó adonde estaban Emily y los demás, y rio y charló con ellos como si no tuviese ninguna preocupación.

El salón pronto empezó a llenarse, se formaron grupos en la terraza y también en el jardín, así que no le costó ningún esfuerzo perderse en ellos.

Había varios camareros contratados para la ocasión, pasando con bandejas con vino y refrescos, y de fondo se oía el sonido del piano.

Entonces apareció Adam, que iba muy serio en comparación con Robina, que sonreía de oreja a oreja a su lado, vestida de blanco y con flores en el pelo.

–Mi niña –dijo tía Mimi con efusividad al verla–. Estás preciosa. Pareces una novia.

Dana se maldijo y vio cómo Nicola y Eddie se miraban con resignación.

Luego fue a servirse ensalada de pollo del bufé, más por ocuparse en algo que porque tuviese hambre en realidad.

Allí fue donde Adam se acercó a ella un poco después.

–Estoy harto de esta fiesta. No sé en qué estaba pensando Nic –comentó–. Estoy deseando que se termine y que se marche todo el mundo.

–Pues vas a tener que acostumbrarte –le respondió ella alegremente mientras se preguntaba dónde estaría Robina–. Mannion es una casa para dar fiestas y Nic va a celebrar su boda aquí.

Adam hizo una mueca.

–En eso prefiero no pensar hasta que no llegue el día.

Hizo una pausa.

–Dana, tenemos que hablar, pero aquí es imposible. ¿Te importa si te llamo al trabajo la semana que viene y quedamos a tomar algo, o a cenar?

Ella clavó la vista en su copa de vino.

–¿Te parece sensato?

–¿Por qué no? Eres una agente inmobiliaria libre, ¿no?

–Yo sí, pero tú no. Y no quiero causar una discusión entre Robina y tú.

–No te preocupes. Es una chica estupenda y lo hemos pasado bien juntos, pero lo nuestro se ha terminado. Queremos cosas diferentes.

Dana se preguntó, incómoda, si Robina estaría al corriente de aquello. En cualquier caso, no era su problema.

Adam se acercó más y bajó la voz.

–No sabes lo guapa que estás esta noche. Destacas entre todas las demás mujeres de la fiesta –añadió–. Tenía que haberme dado cuenta años atrás.

«Yo pensé que lo habías hecho...».

Por un instante, Dana se sintió mal, pero se dijo que tenía que pensar en el presente, y en el futuro.

De fondo, empezó a sonar la melodía de *As Time Goes By*, y Adam le quitó la copa de la mano y la dejó en la balaustrada.

–Es nuestra canción –comentó sonriendo–. Baila conmigo.

Dana aceptó y sintió como si estuviese volviendo atrás en el tiempo. Notó su mano caliente en la espalda y pensó que había merecido la pena esperar siete años.

Se había imaginado aquel momento muchas veces y sabía cómo quería que fuese. Había soñado con cómo se sentiría cuando Adam la tocase.

Pero la realidad fue diferente. Le encantó que todo el mundo la viese bailando con Adam y se dijo que la reacción emocional, sensual, llegaría más tarde. Solo necesitaba tiempo. E intimidad.

Cerró los ojos y escuchó la música, intentó sentir lo que debía sentir, pero la voz de Zac la interrumpió.

—Ha llegado el momento del brindis, Adam. ¿Quieres que te sustituya?

—No, por supuesto que no —respondió este—. Vamos dentro y brindemos por la feliz pareja.

La terraza empezó a vaciarse y Dana se quedó a propósito de las últimas. Se alegró de haberlo hecho al ver que Robina se colocaba al lado de Adam y lo agarraba del brazo.

Aquello provocó en ella una reacción, no eran celos, ni remordimientos. Sino más bien compresión mezclada con alivio al saber que no era la responsable de la ruptura de la pareja. En realidad, Adam ya había tomado la decisión el fin de semana anterior.

Estaba en su elemento, dio el discurso como el señor de la casa, sus palabras fueron cariñosas y divertidas.

«Me pregunto quién hará esto para nosotros cuando nos prometamos», pensó Dana mientras levantaba su copa para brindar por los novios. Tal vez Eddie.

Lo que era evidente era que Zac, que estaba apoyado en la puerta del salón con gesto inexpresivo, no iba a desearles felicidad.

«Que piense lo que quiera», se dijo ella, mordiéndose el labio. «Que descubra que no puede ganar siempre. Le vendrá bien la lección».

Dana disfrutó del resto de la fiesta, bailó con todo el que se lo pidió, charló con las parejas de más edad, que la recordaban con afecto, y contó una y otra vez cómo se había reencontrado con Nicola. Vio cómo Robina se pegaba a Adam y se resignó, no podría pasar más tiempo con él aquella noche.

El rostro empezaba a dolerle de tanto sonreír y estaba muy tensa intentando evitar a Zac, así que empezó a relajarse cuando los invitados comenzaron a marcharse.

Iban a servir café y unos sándwiches para los de la casa en la sala de estar, pero Dana prefirió marcharse a su habitación y se despidió de Nicola con una excusa.

Se detuvo en el recibidor, que estaba a oscuras, y suspiró al recordar que Adam la había besado allí en una ocasión.

–Por desgracia, no es la época del muérdago, *mia bella* –murmuró Zac a sus espaldas–, así que tendrás que consolarte con los recuerdos.

Ella se giró y se dio cuenta de que la miraba de manera burlona.

–¿Nos espiabas? –inquirió.

Zac se encogió de hombros.

–Solo dio la casualidad de que estaba bajando las escaleras. Adam me vio, pero tú, *mia cara*, estabas demasiado absorta en tu idilio navideño para fijarte en mí.

–Era una niña.

–Una niña que aprendía a ser mujer, como ambos recordamos bien.

«Yo no quiero recordarlo», pensó Dana. «Quiero olvidar todo lo que me hiciste y todo lo que me dijiste, como si no hubiese ocurrido. Y no quiero estar aquí contigo, en la oscuridad».

–No tengo ganas de recordar –comentó con voz temblorosa–. Buenas noches.

Se giró para ir hacia las escaleras, pero Zac la detuvo agarrándola suavemente de las caderas.

–No te marches todavía .

No estaban solos. Desde allí se oían las voces del salón.

Dana solo tenía que gritar y alguien acudiría.

Notó cómo los labios de Zac le rozaban el cuello y bajaban hasta el hombro con delicadeza.

Dana dio un grito ahogado. Notó cómo su cuerpo se contraía, que, de repente, le pesaban más los pechos y se le habían erguido los pezones contra la tela del vestido.

«No puede ser», pensó. «No está bien».

Aunque aquel era el motivo por el que se había puesto ese vestido, aunque tenía que haber sido Adam quien estuviese allí con ella, dispuesto a cumplir con los vívidos deseos de su imaginación.

Era Adam quien quería que la besase y la acariciase, quien la llevase a su habitación y la tumbase en su cama.

No aquel otro hombre, su némesis, que suficiente daño le había hecho ya. Al que tenía que pararle los pies antes de que aquello fuese más allá.

—Déjame —le dijo con voz ronca, con una voz que no parecía suya—. Déjame... ahora mismo.

Por un momento, Zac no hizo nada, se quedó inmóvil, acariciándole el cuello con el aliento. Y entonces, mientras la respiración de Dana se aceleraba cada vez más, apartó las manos de sus caderas y la dejó libre.

Libre para subir las escaleras y llegar hasta la zona donde estas se curvaban. Desde donde miró por encima del hombro.

Y vio el recibidor vacío y en silencio.

Curiosamente, como se sentía ella por dentro.

—Qué locura —susurró entre dientes mientras se adentraba en la oscuridad del pasillo.

Capítulo 7

A LA mañana siguiente, cuando bajó a desayunar, solo encontró en el comedor a Nicola y a Eddie.

–¿Dónde está todo el mundo? –preguntó, sentándose.

–Papá y mamá han vuelto a la iglesia, y el resto está jugando al tenis antes de que haga demasiado calor –respondió Eddie mientras se ponía mermelada en la tostada.

–Qué bien hiciste retirándote pronto anoche, como mis padres. Poco después de que te marchases, cuando se volvió a servir comida para que tomásemos algo antes de irnos a dormir, estalló una tormenta gracias a la tía de Nic, Mimi, que debió de ser un pit bull en otra vida, y que volvió a sacar el tema de la boda de Adam.

Eddie sacudió la cabeza.

–Como consecuencia, Zac está llevando a Robina a Londres, que se ha ido llorando y que tendrá que sacar todas sus cosas de casa de Adam. Y este los ha seguido en su coche, probablemente para cerciorarse de que no se deja nada.

–Y a tía Mimi se la tuvieron que llevar a su habitación con un frasco de aspirinas –añadió Nicola, pasándole el café a Dana–. Vivan los fines de semana en el campo.

–Vaya –dijo Dana.

Tú también tienes aspecto de necesitar una aspirina –comentó Eddie.

Lo que necesitaba era dormir bien una noche. Y despertarse con buenas noticias.

La ausencia de Zac la alivió, pero había contado con ver a Adam para hablar de su próximo encuentro.

Hizo un esfuerzo por sonreír.

–La culpa es mía, por beber demasiado champán. Me recuperaré.

Después de una pausa, añadió:

–Siento lo de Robina, pero tal vez así el señor Belisandro aprenda a no interferir en la vida privada de Adam.

–Al parecer, la idea fue de Robina –explicó Nicola–, que le envió un mensaje a Zac para que fuese a recogerla y se subió al tren. Él le dijo que era un error, que volviese a Londres, pero Robina no quiso escucharlo.

–Tal vez la consuele ahora, como tú misma dijiste, ofreciéndole el puesto de señora de Belisandro.

–Lo dudo mucho –dijo Eddie.

Fue una mañana muy larga y Dana pronto se arrepintió de su decisión de marcharse después de comer, con el resto del grupo. Mimi Latimer apareció a la hora del café con gesto melancólico.

Los Marchwood intentaron animarla, y Dana se terminó el café deprisa y se levantó de la mesa para ir a hacer la maleta. Al llegar a su habitación, se encontró a la señora Harris saliendo de ella.

–Me habían pedido que le diese una nota, señorita Harris, pero esta mañana he estado muy ocupada. La he dejado encima de la mesita de noche.

–Gracias –respondió ella, fingiendo indiferencia.

Vio un sobre apoyado contra la lámpara. En él había una nota que no estaba firmada: *Hasta que nos volvamos a ver*.

Y ella pensó, exultante, que Adam no se había olvidado de ella.

–Hasta que nos volvamos a ver –susurró, arrugando el papel con la mano–. Y yo lo estoy deseando.

No obstante, habían pasado diez días cuando la recepcionista de Jarvis Stratton le anunció que tenía una llamada personal por la línea dos, e incluso entonces Dana pensó que sería Nicola.

–Hola –la saludó Adam–. ¿Cómo está el mercado inmobiliario?

«Por fin», pensó Dana, suprimiendo un suspiro de alivio.

–Bien, gracias. ¿Y el mundo de las relaciones públicas?

–Ahora mismo me interesan más las relaciones privadas. ¿Puedo convencerte para que comas hoy conmigo?

Dana dudó, pero contestó:

–Me has llamado en el momento adecuado. Estaba a punto de pedir un sándwich.

–Estupendo. Cerca de tu trabajo hay un sitio que se llama Sam's Place. ¿Quedamos allí a la una?

–Por qué no –respondió ella–. Tengo que dejarte. Tengo otra llamada.

No era cierto, pero no quería que Adam se diese cuenta de lo contenta que se había puesto.

Deseó haberse vestido con algo más interesante que aquella falda azul marino y camisa de rayas azules y blancas, pero no había esperado la llamada. Se retocó el pintalabios y se puso colonia en el cuello y en las muñecas.

Adam estaba esperándola cuando llegó al bar.

–Hay mucha gente –comentó ella, mirando a su alrededor.

–Siempre, pero he conseguido una mesa en el patio que hay en la parte trasera, y una botella de vino Frascati frío.

–Uno de mis favoritos –admitió Dana, mientras se decía que solo se tomaría una copa.

–Sé que no es la manera de celebrar que volvemos a vernos, pero no quería esperar más.

«Entonces, ¿por qué has esperado tanto?», se preguntó Dana.

–Y no tenía tu número de teléfono móvil –continuó Adam–. Tenía que habértelo pedido en Mannion, pero la situación se complicó.

«También podías habérselo pedido a Nicola».

–Supongo que ya está todo arreglado –dijo ella.

Adam suspiró.

–Sí, gracias a Dios. Robina es una mujer maravillosa y algún día hará a alguien muy feliz, pero no a mí.

Aquello era precisamente lo que Dana había querido oír, pero no podía evitar estar tensa.

La llegada de una cesta con pan crujiente y unas aceitunas le puso las cosas un poco más fáciles.

Buscó un tema de conversación trivial y preguntó:

–¿Todavía juegas al tenis?

–Casi nunca. Ahora me interesa más todo lo relacionado con el mar. Me he apuntado a un club náutico y me dedico a hacer surf y a bucear en Cornwall y en otros lugares. También pertenezco a un club que busca tesoros.

–¿Tesoros en el mar?

Adam se echó a reír.

–El mar sigue siendo el lugar más salvaje e inexplorado del mundo, y me fascina. Aunque Nic piensa que estoy loco. Mi hermana no es muy aventurera, solo sueña con tener un hogar e hijos con Eddie.

La manera de decirlo molestó a Dana.

–Bueno, eso es lo que hace que el mundo siga girando mientras los hombres se dedican a la aventura.

–Es probablemente el motivo por el que los hombres se marchan.

Adam se inclinó hacia delante y añadió:

–Mira, Dana, no voy a fingir que mi vida ha sido perfecta últimamente. Sinceramente, me he sentido tentado a ir a la deriva en muchos aspectos, pero ahora todo está cambiando. Tengo un propósito en la vida. Un propósito que no tenía antes. ¿Me entiendes?

«Sí», pensó Dana, diciéndose que Mannion pronto le pertenecería.

—Por supuesto —respondió en voz alta.

—En ese caso, no hace falta que nos hagamos preguntas incómodas ninguno de los dos. Ambos somos adultos y sabemos cómo pueden ser las cosas.

Adam estaba hablando de amor, y Dana no terminaba de entender lo que quería decirle, así que se alegró con la llegada del filete con patatas y la ensalada César que habían pedido.

La comida estaba bien, pero Dana no quiso postre y puso la mano sobre su copa cuando Adam intentó rellenársela.

—Tengo que trabajar esta tarde —le dijo—. Y tú también.

—Y yo que tenía la esperanza de convencerte para que hiciésemos novillos esta tarde tan bonita. Disfruta del vino aquí, y tal vez podamos tomar otra botella en mi casa —le sugirió Adam, acariciándole la mano por encima de la mesa—. Estamos muy cerca si tomamos un taxi, y estoy seguro de que ambos podemos inventarnos una excusa aceptable para no estar en nuestros despachos.

—Tal vez tú puedas —respondió Dana—, pero yo tengo varias citas a las que no puedo faltar. Aunque la oferta resulte tentadora.

—¿De verdad quieres pasar el resto de tu vida vendiendo casas caras?

—Toda, no, pero por el momento está bien pagado y me gusta. Dos buenos motivos para quedarme donde estoy.

—Mientras que yo estoy deseando romper con todo —reflexionó Adam con repentina intensidad—, ser otra vez mi propio jefe, en vez de estar en todo momento a disposición de Zac.

–Supongo que podrás hacerlo cuando Serafina, la señora Latimer, te ceda por fin Mannion.

–Sí. Lo estoy deseando.

«Y yo», pensó Dana.

Adam hizo una pausa.

–Entonces, ¿no puedo convencerte para que te escapes un par de horas?

–Esta vez, no –le dijo ella–. Tengo demasiado... que perder.

–En ese caso, cuando llegue el momento tendré que asegurarme de que merece la pena –comentó Adam en voz baja.

«Debo de parecer muy previsible», se dijo Dana, viendo sonreír satisfecho a Adam mientras pedía la cuenta.

Este también había dado por hecho que aceptaría su invitación de ir a su casa.

No obstante, mientras le apuntaba su número de teléfono privado en el dorso de una tarjeta de visita, Dana pensó que estaba dispuesta a demostrarle que no iba a ser una conquista fácil.

Se despidieron con un beso en la mejilla, pero Adam la devoró con la mirada antes de marcharse.

Al volver a su despacho, Dana tenía mucho en lo que pensar.

Al parecer, no era la única que había cambiado y, si aquella hubiese sido la primera vez que veía a Adam, habría llegado a la conclusión de que tenían muy poco en común.

Pero eso era ser negativa. Solo tenían que volver a conocerse.

Además, por la manera de hablar de Adam, Dana imaginó que este quería sentar la cabeza y, dado que eso era justo lo que ella había querido oír, se preguntó si no debía de haberse tomado la tarde libre.

Le había gustado saber que Adam estaba deseando

dejar de trabajar para Belisandro International en general y para Zac en particular.

Ella iba a apoyarlo en ambos casos.

–¿Adam y tú? –preguntó Nicola sorprendida–. ¿Desde cuándo?

–Desde hace dos semanas –respondió Dana–. ¿No te ha dicho nada?

–Suponía que estaba con alguien –admitió su amiga–, porque siempre está con alguien. Eso ya lo sabes, ¿no?

–No tenemos nada serio –le aseguró Dana.

Al menos, ella. Adam no hacía más que presionarla para que su relación se volviese más íntima, y se sentía sin duda intrigado por su constante resistencia. Dana sabía que era algo que estaba empezando a molestarle.

Pero no tenía intención de cambiar de opinión, al menos, hasta que él le diese muestras de que quería comprometerse.

Tal vez la invitación a acompañarlo a la fiesta de Belisandro Pan-European a la semana siguiente fuese un gesto esperanzador, y la noticia de que Nicola y Eddie también iban a asistir la alegró.

Adam llevaba unos días quejándose de todo lo que estaba teniendo que trabajar a causa de aquella fiesta.

–Van a regalar pulseras a todas las esposas y novias, y gemelos a los maridos y novios, de oro, por supuesto –le había contado–. Y se va a encargar de presentar la conferencia el propio señor Ottaviano, que ya se ha recuperado de la operación. A ver cómo le sienta a su hijo volver a ser el segundo de a bordo.

Sorprendentemente, a Dana no le habían gustado aquellos comentarios. Al fin y al cabo, la empresa de Adam había quebrado y la familia Belisandro le había dado un trabajo con un buen sueldo sin pensárselo.

–Ponte el vestido negro que llevabas para la fiesta de Nic –le pidió Adam–. Quiero presumir de ti.

–No va a ser posible, lo he regalado a una organización benéfica.

–¿Por qué? –inquirió Adam–. Estabas preciosa con él.

Dana se encogió de hombros.

–Era un vestido de una sola puesta.

Jamás se lo habría vuelto a poner, ya que le recordaba el roce de los labios de otro hombre en la piel. El hombre equivocado...

Además, en aquella fiesta no quería llamar la atención, sobre todo, de aquel otro hombre. Y si hubiese podido poner una buena excusa, ni siquiera habría asistido.

Decidió ir de negro y encontró un vestido con un escote recatado, manga francesa y a media pierna.

Adam, por supuesto, le dijo que estaba preciosa, aunque Dana sospechaba que le habría dicho lo mismo si se hubiese puesto una bolsa de plástico en la cabeza.

Compartieron un taxi con Nicola y Eddie para ir al hotel Capital Imperiale. La fiesta era en el salón del primer piso, al que se subía por unas impresionantes escaleras de mármol iluminadas por bonitas lámparas de araña.

–La comida está en la habitación de al lado –comentó Adam–. Es un catering a gran escala.

A su hermana el comentario sarcástico le pareció mal, lo reprendió con la mirada mientras tomaba una copa de champán de la bandeja de un camarero que pasaba por su lado.

–Me alegro –comentó–. Porque llevo toda la semana haciendo dieta para poder meterme en este maldito vestido, así que ahora mismo podría comerme un buey asado yo sola.

Eddie la agarró por la cintura.

–Vamos a ver si encontramos uno –empezó, pero se vio interrumpido por una mujer alta y delgada que había ido directamente hacia ellos.

–Adam, por fin. Tenemos un problema.

–Carol, estamos en una fiesta. ¿No puedes esperar a mañana?

–No, porque el problema lo tenemos esta noche. No han llegado los regalos y el señor Belisandro está esperando para hacer la presentación. Dime, por favor, que confirmaste la fecha y la hora con los proveedores.

Adam apretó los labios.

–Por supuesto –respondió en tono frío–. ¿Quieres comprobarlo?

–Tenemos que hacerlo. El gerente del hotel nos ha reservado una habitación con un ordenador para que intentemos averiguar qué ha pasado. Hasta que no lo hagamos, no hay fiesta para nosotros.

Adam juró entre dientes y se giró hacia Dana.

–Lo siento mucho, cariño. Quédate con Nic y Eddie media hora mientras yo soluciono este lío.

Ella se obligó a sonreír.

–Por supuesto. Buena suerte.

–La va a necesitar –comentó Nicola en tono irónico–. Yo diría que van a tardar más de media hora en salir de esta.

–¿Y piensas que es culpa de Adam? –preguntó Dana.

–Apostaría dinero a que sí. A Adam le gusta hacer las cosas a lo grande y no presta atención a los detalles. Ese debe de ser el motivo por el que a Carol la han ascendido y a él, no.

«Y también explica que cambie tanto de trabajo», pensó Dana mientras iban hacia el bufé.

Nicola suspiró aliviada al ver la comida. Y tanto ella como Eddie comieron con ganas mientras Dana empezaba a desear estar muy lejos de allí.

La predicción de Nicola resultó correcta y una hora después seguían sin tener noticias de Adam. Y, sin él al lado, Dana se sentía extrañamente vulnerable.

–Creo que voy a marcharme –le dijo a sus amigos, que protestaron con la decisión.

Estaba atravesando la enorme recepción e iba en dirección al guardarropa a recuperar su chal cuando oyó que la llamaban. Se giró y vio a Zac saliendo de un ascensor.

–Espero que no te marches ya –le dijo este al llegar a su lado.

–Sí, me marcho. Cuando Adam me invitó a venir no tenía pensado pasarse la noche trabajando.

–Siento que ambos estéis decepcionados, pero si hubiese hecho lo que tenía que hacer, no habría tenido que trabajar –respondió Zac–. Y a ti te he invitado yo. No sé si recuerdas que te prometí que nos volveríamos a ver.

Ella lo miró con incredulidad.

–¿Me lo prometiste?

–¿No recibiste mi nota?

–Sí, pero no sabía que era tuya.

–Ah, otra decepción, pero no te puedes marchar todavía. Hay alguien que quiere conocerte.

–Gracias, pero prefiero irme.

–No puedes, Dana *mia* –insistió él, agarrándola de la mano–. Porque quiero que te quedes. Además, a mi padre no le gusta que le hagan esperar.

Su padre...

–Lo siento por él –respondió Dana, intentando zafarse.

–Tampoco le gusta que lo contradigan.

–Entonces, es de familia.

Zac sonrió.

–Enhorabuena, eres muy observadora, *mia bella*.

–Y de bella, nada –replicó.

–Tal vez no con ese vestido –admitió Zac–, pero sin él... *Madonna!*

Aquello la dejó sin habla y completamente colorada. Zac la llevó hasta el ascensor y en él subieron hasta el último piso.

Capítulo 8

LO PRIMERO que pensó fue que si hubiese visto a Ottaviano Belisandro por la calle, habría sabido de inmediato de quién era el padre.

Lo segundo, que ya sabía cómo sería Zac a esa edad, con el pelo cano, el rostro surcado de arrugas, pero todavía un hombre imponente y fuerte. Se preguntó cómo podía estar tan segura. Y si acaso importaba.

Le sorprendió que no hubiese nadie más en la habitación. Que no sonase ningún teléfono y que no hubiese aparatos electrónicos encendidos.

El hecho de que estuviese solo realzó su aura de poder, un aura que Zac había heredado.

—Papá —dijo este—, te presento a la señorita Dana Grantham.

—Es un placer —respondió el padre de Zac, haciéndole un gesto para que se sentase al otro lado de la chimenea—. Por favor, siéntese, *signorina*.

Dana obedeció a regañadientes, consciente de que Zac se había colocado detrás de ella y se había apoyado en su sillón, aunque sin tocarla.

—Me alegra conocer por fin a la sobrina de la señora que cuida de mi prima Serafina con tanto cariño y devoción —dijo Ottaviano Belissandro volviendo a sentarse—. Siento que no haya sido antes, aunque supongo que no ha visitado nunca a su tía en Italia, *signorina*. ¿Cuál es el motivo?

—Que no sería bienvenida —respondió ella con toda

sinceridad a una pregunta que no había esperado–. Tengo un trabajo que exige todo mi tiempo, señor Belisandro. Suelo tomarme las vacaciones en el último momento y quedarme en el país.

–Pues se está perdiendo una maravilla, *signorina*. Mi prima Serafina vive muy cerca de mí, a orillas del lago Como, uno de los lugares más bellos del mundo, como debería ver por usted misma.

Hizo una pausa.

–Ese trabajo suyo, ¿le importa mucho?

«Sí, por supuesto», pensó, pero no lo dijo porque en realidad lo que le importaba de verdad era Mannion. Eso era lo importante de verdad.

Tenía que romper aquel silencio, pero estaba temblando por dentro. «¿Qué hago aquí en vez de estar abajo, con Adam?».

–Jarvis Stratton es una de las principales agencias inmobiliarias de Londres –consiguió decir–. Para mí es un privilegio trabajar allí, así que me siento muy afortunada.

Era la verdad, toda la verdad y nada más que la verdad.

–Muy afortunada –dijo su inquisidor–, pero para una mujer joven y guapa, tiene que haber más. ¿No tiene sueños, *signorina*?

Dana no supo cómo, pero consiguió sonreír.

–En el actual clima económico, señor Belisandro, los sueños son un lujo que no todos nos podemos permitir.

Se puso en pie.

–Gracias por recibirme, pero ya lo he entretenido suficiente. Debería volver con mis amigos.

Él se levantó también.

–Mi hijo la acompañará y yo bajaré también, en cuanto haya hecho una llamada de teléfono. Espero que podamos compartir una copa de vino durante la fiesta.

«No...», pensó Dana.

–Es muy amable, pero estoy segura de que tendrá a

muchas personas esperando para hablar con usted, y con su hijo. Yo tengo que marcharme. Buenas noches.

Sin saber cómo, llegó hasta el ascensor con Zac pisándole los talones.

Al alargar la mano hacia el botón, Zac puso la suya encima.

—¿Por qué tienes tanta prisa por escaparte?

—Iba a marcharme hace un rato, pero tú me lo has impedido —respondió ella, con la vista clavada en las puertas del ascensor.

—Y ahora te estoy pidiendo que te quedes.

—¿Para tomarme una copa de vino con tu padre? —preguntó casi sin aliento, sintiéndose tan nerviosa como una colegiala—. ¿No lo acaban de operar del corazón?

—No —respondió Zac—. A ambas preguntas, pero eso no cambia lo que te estoy pidiendo. No finjas que no me entiendes. Sabes perfectamente que quiero que te quedes hasta que se termine la fiesta, y que pases la noche conmigo.

—Pues mi respuesta también es no —replicó, con la vista clavada en la moqueta roja—. Me insultas haciéndome esa propuesta, sabiendo que pertenezco a Adam.

—Otra farsa —comentó él—. Nunca has pertenecido a nadie. Ni siquiera estás lo suficientemente segura para entregarte a él. Al menos en eso eres sensata.

En ese momento lo miró, lo fulminó con la mirada.

—No creo que tú, precisamente, debas darme clases de moralidad.

—No estoy hablando de moral —respondió él con toda tranquilidad—. Sino solo de sentido común.

—Y este me dice que me marche ahora. Salvo que me retengas aquí por la fuerza.

—No me hace falta —le aseguró Zac—. Como bien sabes, mi dulce hipócrita.

Hizo una pausa.

–¿Quieres que te lo demuestre?

–Lo único que quiero es alejarme de ti y de tus viles insinuaciones –le contestó con voz temblorosa.

Zac le soltó la mano y se apartó mientras las puertas del ascensor se abrían.

–*Buona notte,* Dana *mia* –se despidió en tono tranquilo–. Que descanses.

Ella entró en el ascensor y lo miró con la barbilla levantada, desafiante.

–¿No vas a desearme dulces sueños?

–En absoluto –dijo Zac sonriendo–. Porque, si te quedases, descubrirías que la realidad lo es mucho más.

Y su sonrisa la acompañó, la persiguió hasta que por fin llegó a la seguridad de su casa.

–Está bien, he cometido un error, lo admito –dijo Adam, encogiéndose de hombros–, pero no ha sido un desastre. La presentación ha sido un día después, nada más. Y no hacía falta que la pesada de Carol estuviese recriminándomelo hasta las dos de la madrugada. Supongo que le preocupa perder su puesto de trabajo.

Dana lo miró con cautela.

–¿Y a ti no?

–Me importaría, si me importase tener un trabajo para toda la vida, pero tengo otros planes.

«¿Y cuándo me los vas a contar?», se preguntó Dana. Porque necesitaba conocerlos para poder invertir en su futuro. Para hacer sus propios planes.

–Por fin se vuelve a Italia el gran don Ottaviano, así que ya vamos a estar todos más tranquilos.

–Así dicho, parece que hablases de la mafia –comentó Dana con el ceño fruncido.

Adam se encogió de hombros.

–Al parecer, hizo subir a todo el mundo a saludarlo,

Nic y Eddie incluidos. Tú tuviste la suerte de librarte de eso.

—Sí —dijo Dana, obligándose a sonreír—. Menos mal.

—Ha sido marcharse un Belisandro y llegar otro —protestó Adam—. Aunque al menos de la visita de Serafina me voy a beneficiar, así que no debería quejarme.

«No», pensó Dana. «No deberías».

—¿Sabes si la acompaña mi tía?

—Es una visita rápida. Viene sola aunque, cómo no, Zac será su escudo y protección cuando llegue aquí.

Dana se sintió decepcionada, pero lo ocultó mirándose el reloj.

—Tengo que marcharme. Tengo que enseñar una casa y he dejado el coche en una zona de pago.

—Siempre hay algo —le recriminó él—. ¿Cuándo vamos a poder estar juntos, Dana?, pero juntos de verdad.

Ella dudó.

—Cuando llegue el momento adecuado. Ahora mismo ambos tenemos otras cosas en las que pensar.

Por suerte, no tuvo que contarle sus propias preocupaciones.

Porque Adam no era el único que había estado despierto hasta las dos de la madrugada la noche de la fiesta, con la mirada perdida en la oscuridad, preguntándose si iba a necesitar una lobotomía para sacarse a Zac Belisandro de la cabeza.

De camino a su cita se recordó que Zac se le había declarado y ella lo había rechazado.

Era probable que no estuviese acostumbrado a que lo rechazasen, pero lo superaría.

Y ella tenía que dejar de luchar contra fantasmas que en realidad no existían. No tenía motivos para hacerlo.

De camino a Mannion, Dana se dijo que estaba haciendo lo correcto.

Ya había hecho esperar a Adam suficiente. Aquel era un gran día y, siete años después, Adam por fin había tomado posesión de la casa. Ella iba a darle otro motivo de celebración yendo allí.

Se alegraba de que todo se hubiese terminado. Adam había estado muy nervioso e irascible en los últimos días, y también muy insistente con respecto a su relación. Así que Dana había tenido que hacer un gran esfuerzo para mantener las distancias.

La última vez que se habían visto, dos noches antes, Adam le había dicho que tenían que hablar seriamente.

Y ella había pensado que iba a hacerle una proposición. Tal vez un tanto prematura, pero, al fin y al cabo, ese había sido su objetivo, así que no se podía quejar. Y Mannion sería el escenario perfecto para dicho momento.

Al principio se había planteado llegar por sorpresa, pero después había decidido que era mejor ser cauta, por si Serafina había optado por quedarse en vez de volver inmediatamente a Italia.

El móvil de Adam estaba apagado, así que llamó a la casa, donde saltó el contestador.

–He pensado que estaría bien llevar champán y felicitarte en persona. Si no estás de acuerdo, avísame. Saldré para allá sobre las tres de la tarde.

Había esperado que Adam la llamase o le enviase un correo, pero no tuvo noticias suyas. De todos modos, decidió ir. Al fin y al cabo, había pedido el día libre en el trabajo y se había pasado la mañana en un salón de belleza.

Estaba nerviosa ante la idea de presentarse ante él casi como un regalo, pero después pensó que el que no arriesgaba, no ganaba.

Por otra parte, también decían que el fin justificaba los medios. Aunque ella iba a necesitar algo de alcohol para lanzarse.

Al llegar a Mannion, le sorprendió que fuese la señora Harris quién abriese la puerta.

—¿Señorita Grantham? —dijo esta, también sorprendida.

Dana sonrió con seguridad.

—¿Está en casa el nuevo señor?

—Sí —respondió la otra mujer—. Si quiere esperar en la biblioteca, lo avisaré de que quiere hablar con él.

«Más que hablar», pensó Dana mientras seguía al ama de llaves. Tenía pensado besarlo, beberse una botella de champán con él y, para terminar, meterse en su cama. Ya no había marcha atrás.

En la biblioteca, sacó el champán de la caja y lo dejó encima del escritorio. Luego, se giró con una sonrisa al oír entrar a alguien.

—*Buongiorno,* Dana *mia* —la saludó Zac, cerrando la puerta tras de él—. Y bienvenida.

—Tú —dijo ella con voz ronca—. ¿Se puede saber qué estás haciendo aquí? ¿Dónde está Adam?

—Ahora mismo, en Londres. Ha vuelto allí después de dejar a Serafina en el aeropuerto. Quería, cómo no, darle las gracias por lo amable que había sido con él en el pasado y darle un último *addio*.

—¿Un último adiós? ¿Está enferma?

—La van a operar de la caderas, pero la despedida de Adam era necesaria porque es poco probable que vuelvan a verse en un futuro cercano. Va a estar muy ocupado en Australia.

Hizo una pausa.

—¿O es que no te ha contado sus planes? —terminó.

Dana lo miró fijamente.

—Supongo que esto es obra tuya —dijo con voz temblorosa—. Tú lo has mandado a trabajar a Melbourne.

—Respeto demasiado a mis colegas como para castigarlos con la presencia de Adam allí —replicó Zac—. No, va a comprar parte del negocio de su padre y tío. Se marcha la semana que viene.

Dana se apoyó en el escritorio y se aferró con fuerza a él.

–¿Se marcha a Australia después de esperar tanto tiempo para conseguir Mannion? No me lo puedo creer.

–¿Por qué no? Su padre se marchó. Y su madre también.

–Pero no puede abandonar la casa. Si las cosas no le van bien en Australia, tendrá que volver.

–Yo creo, *mia bella*, que Adam abandonó la casa hace mucho tiempo, como has debido de ver por ti misma.

–Entonces, ¿por qué aceptó el regalo?

–Serafina quería que la casa siguiese perteneciendo a los Latimer, pero sin las cargas fiscales. Cuando el padre de Adam decidió que prefería irse a vivir a un país con sol, Adam se convirtió en el heredero. Al principio, le pareció un halago, pero fue hace poco tiempo cuando se dio cuenta de los beneficios económicos que podía obtener.

–¿Te refieres a que va a alquilar la casa mientras esté fuera?

–No –respondió Zac–. No me refiero a eso.

–Pues no la puede dejar vacía, tendrá que hacer que alguien la cuide –comentó Dana, volviendo a sonreír–, pero tendría que pagar a esas personas, mientras que yo puedo cuidar de la casa gratis. Una oferta que no podrá rechazar.

–¿Y tu trabajo en Londres, que te va tan bien? –le preguntó Zac.

–No te das cuenta, ¿verdad? Lo único que me ha importado siempre ha sido Mannion. Es lo que siempre he querido y por lo que siempre me he sacrificado.

–Te equivocas, siempre lo he sabido –replicó él, muy serio–. Si no, no estaríamos teniendo esta conversación.

Dana casi no lo estaba escuchando.

–Tengo que volver a Londres y hablar con él.

–Será una pérdida de tiempo.

–No digas eso. Se alegrará de dejar Mannion en buenas manos. La casa seguirá aquí cuando se dé cuenta que lo de Australia es un error y decida volver.

–Esta casa es tu pasión, no la suya. Él vive para hacer surf y va a ir a vivir a un lugar que se llama el Paraíso del Surfero.

Tras aquello, añadió con ironía:

–Y espero que allí encuentre su Edén personal, puesto que el mundo de las relaciones públicas ya no tiene nada más que ofrecerle.

–Para ti es muy fácil burlarse. Siempre lo has tenido todo.

–Los Belisandro hemos trabajado mucho para tener lo que tenemos –la contradijo–. Hemos luchado por mantener nuestra posición incluso cuando ha habido crisis. No pienses que ha sido sencillo. Con el futuro de miles de empleados en nuestras manos, ha sido esencial.

«Y vivir aquí es esencial para mí», pensó Dana.

Pero era evidente que había malinterpretado a Adam cuando este le había dicho que tenían que hablar.

Nada tenía sentido, pero tendría que convencer a Adam para que la dejase a cargo de la casa.

–Me tengo que marchar –añadió, mirándose el reloj–. Y tampoco quiero entretenerte a ti. Seguro que tienes cosas que hacer, como salvar la economía.

–No –contestó él–. Además, tengo entendido que querías hablar conmigo, y hasta ahora solo hemos hablado de Adam.

–La señorita Harris se ha confundido. Le he pedido ver al señor de la casa.

–La que se confunde eres tú, *mia bella*. Porque desde hoy a medio día el dueño legal de esta casa y el terreno que la rodea soy yo. Así que, si quieres, abrimos el champán y brindamos juntos por una nueva Mannion.

–No, no puede ser verdad –balbució Dana–. No ha podido...

–¿Quieres ver los papeles? Están en ese escritorio. Junto al recibo del dinero que he entregado a Adam.

Ella negó con la cabeza, aturdida. Y lo oyó suspirar.

Zac la agarró del brazo y la sacó de la habitación para llevarla hasta el salón, donde la sentó en un sofá antes de desaparecer.

Por un instante, Dana se quedó completamente inmóvil, después, gimió y enterró el rostro en las manos mientras empezaba a sollozar.

Había hablado demasiado. Se había traicionado a sí misma.

Pero no podía empeorar todavía más la situación. Tenía que recuperar la compostura y mostrarse tranquila.

Cuando Zac volvió con una bandeja con café, se había peinado y estaba sentada con las manos sobre el regazo.

–¿Estás bien? –le preguntó él.

–Sí. Bueno, ¡no! ¿Cómo ha podido hacer eso? ¡Vender su herencia!

Zac se encogió de hombros mientras se sentaba en el sillón que había enfrente.

–Lo ha hecho por dinero, por supuesto. No habría podido conseguir una cantidad así de ningún otro modo, salvo con la lotería.

–¿Y a la señorita Latimer... no le ha importado?

–Serafina es muy pragmática. Hizo lo que pensó que habría complacido a su marido.

–¿Y por qué te ha vendido la casa precisamente a ti?

–Ah, supongo que ya te has dado cuenta de que en realidad no nos podemos ni ver.

–Más o menos.

–Una vez más, por dinero. Le he ofrecido lo que él quería y con todas las facilidades.

–¿Y tú? ¿De verdad quieres Mannion?

–Tiene su atractivo. Y necesito otra casa, además del piso que tengo en Londres.

–Así que lo has hecho solo por conveniencia –comentó Dana, sacudiendo la cabeza–. Y yo sin enterarme de nada de esto. Es evidente que has oído el mensaje que he dejado en el contestador y me estabas esperando. ¿No se te ha ocurrido llamarme, para explicarme la situación?

–De eso nada, *mia cara*, aunque siento haberte estropeado la celebración.

–Eso no importa.

Era cierto. En el fondo, se sentía aliviada por no tener que emborracharse para entregarse a Adam.

No se había dado cuenta hasta entonces de lo mucho que temía aquel momento.

–Debería marcharme –repitió.

–Todavía no. No es sensato conducir después de haber estado en shock.

Ella pensó que, ciertamente, era una manera de describir el cataclismo que había terminado con todos sus sueños, con su futuro, dejándola vacía.

Zac sirvió el café solo y le ofreció una taza.

–Lo prefiero con leche –dijo Dana, levantando la barbilla.

–Te sugiero que, en esta ocasión, te lo tomes solo. Porque es posible que necesites la cafeína cuando oigas lo que te tengo que decir.

Capítulo 9

NO QUERÍA el café. Ya estaba demasiado nerviosa, no necesitaba más estimulantes, pero prefirió no contrariar a su anfitrión, así que lo tomó y resultó sentirse reconfortada por su fuerza y su calor.

—Dios mío —dijo, intentando bromear—. Debe de ser algo muy serio.

—El matrimonio es una asunto muy serio.

Ella dejó la taza encima de su platito.

—Sí, supongo que sí. No sabía que lo estuvieses pensando.

—Hace tiempo que le doy vueltas.

—Tu padre debe de estar muy contento.

—Lo estará, cuando lo sepa.

Dana tomó su taza de nuevo. Se sentía vacía, por la pérdida de Adam y, con él, Mannion.

Zac rompió el silencio.

—Entonces, ¿cómo salvarías Mannion de ser una mera comodidad?

—Eso tendrás que hablarlo con tu futura esposa.

—Cásate conmigo. Y salva a Mannion de su destino.

A Dana se le cayó el café en el vestido color coral.

—Si es una broma, no me parece graciosa —dijo casi sin aliento.

—Lo he dicho completamente en serio —respondió Zac—. Te estoy pidiendo que te cases conmigo, Dana *mia*.

—En ese caso, debes de estar loco —replicó, tragando saliva—. Y la respuesta es no.

Zac suspiró.

—Pues hace unos segundos afirmabas estar dispuesta a hacer cualquier sacrificio por la casa.

«¿Por qué no habré mantenido la boca cerrada?», se reprendió.

Respiró hondo.

—No estoy en venta.

—Y, sin embargo, con tal de poseer esta casa, estabas dispuesta a venderte a Adam.

Dana se puso tensa.

—No tienes ningún derecho a decir eso. Tengo una relación con él, como muy bien sabes.

—Y vuestra relación es tan íntima que ni siquiera sabías que se marcha a Australia.

Ella se mordió el labio.

—Tal vez Adam quisiera estar seguro antes de contármelo.

—¿Y tú habrías estado dispuesta a dejarlo todo y marcharte con él?

No tenía sentido mentir. Ni podía esconderse en ninguna parte. Miró a Zac y negó con la cabeza sin decir nada.

—En ese caso, veo que nos entendemos. Tú quieres Mannion y yo, *carissima mia*, te quiero a ti —le explicó, encogiéndose de hombros—. Es muy sencillo.

—Sencillo —repitió ella con incredulidad—. ¿En qué universo alternativo es sencillo?

Se le había acelerado la respiración y fue consciente de que Zac también se había dado cuenta. Se humedeció los labios con la punta de la lengua y él se fijó también.

Dana supo que tenía que marcharse de allí.

—Al parecer, no deseas la casa tanto como dices.

—Hay maneras de conseguirla que no implican un matrimonio —respondió ella enseguida—. Por ejemplo, estaría dispuesta a trabajar en ella como ama de llaves, como hizo mi tía.

–¿Y dejar a la señora Harris sin trabajo? –preguntó Zac–. No me parece justo. Mis condiciones no van a cambiar. Estabas dispuesta a llegar a un acuerdo con Adam. Al menos conmigo no tendrás que fingir que estás enamorada.

–¿Has pensado en la opinión de tu padre? Supongo que esperará que te cases con alguien más importante que la sobrina ilegítima de un ama de llaves.

–Tal vez, pero siempre ha sabido que elegiría a la mujer que me diese la gana.

–Al parecer, tienes respuesta para todo –comentó Dana con amargura.

–Lo que más me preocupa es tu respuesta. Si tan poco te gusto, piensa que en realidad te casas con Mannion.

Dana siguió sin entender que Zac quisiera casarse con ella. En especial, porque no era de los que se casaban.

Tuvo la sensación de que en realidad estaba jugando con ella.

Supo que debía decirle que prefería morirse a vivir con él.

Y Zac estaba esperando a que se lo dijese, pero entonces Dana pensó que iba a marcharse de allí, una vez más, como una perdedora.

«La casa de mi padre», pensó, angustiada.

–Estoy esperando –le recordó Zac.

–Necesito tiempo para pensar...

–Y yo te exijo una respuesta ahora. ¿Hacemos un trato? ¿Sí o no?

Dana levantó la cabeza, lo miró, y dijo con voz ronca:

–Supongo que... sí –dudó–. ¿Y qué ocurre ahora?

Estaba esperando a que Zac se echase a reír y le dijese que había sido una broma.

–Pues yo sugiero que celebremos una íntima ceremonia civil, con Nicola y Eddie como testigos, en cuanto sea posible.

Dana se dio cuenta de que no se había echado a reír. Zac lo tenía todo planeado.

–¿Y vamos a anunciar la noticia? Porque a todo el mundo le va a parecer muy raro.

–La opinión de los demás no tiene por qué preocuparnos.

–No te preocupa a ti, por supuesto, pero yo tengo que continuar con mi vida. Y con mi trabajo.

–Me temo que Jarvis Stratton también va a tener que hacer un sacrificio por el bien de Mannion. Lo mejor será que te despidas lo antes posible y saques las cosas de tu piso, para venir conmigo.

Ella separó los labios para replicar, pero Zac no la dejó:

–El asunto no está abierto a debate.

Dana tomó aire.

–Quieres que vivamos juntos... ya.

–No, *cara*, no te preocupes. Será a partir de mañana cuando te mudes a la suite del ático del Capital Imperiale, donde conociste a mi padre. Yo me quedaré en mi piso, y contaré las horas –añadió suavemente–. Dicen que la ilusión no hace más que aumentar el apetito. Disfrutaré mucho descubriendo si es verdad.

A Dana le ardió el rostro.

–Por favor, no me digas esas cosas.

Se levantó, pero notó como si el suelo temblase bajo sus pies.

–Ahora, supongo que debo obedecer tus órdenes y volver a Londres a recoger mis cosas.

Estaba llegando a la puerta principal cuando se acordó de algo y se giró. Zac estaba justo detrás.

–Lo siento, pero me he dejado el maletín en la biblioteca.

Al lado estaba la botella de champán, que parecía como un mal chiste. Dana tomó el maletín y comprobó, horrorizada, que no lo había cerrado bien después de sacar el champán. Todo su contenido cayó al suelo.

Incluido el camisón negro, casi transparente, que se había comprado esa misma mañana.

Se quedó inmóvil y vio cómo Zac se agachaba a recogerlo.

–Sí que lo ibais a celebrar, sí –comentó en tono gélido.

Lo hizo una bola con ambas manos y se lo devolvió.

–Por favor, para mí no te pongas esto –le pidió–. Mis gustos, como ya descubrirás, son muy distintos.

Se acercó a la chimenea y tocó una campana.

–Ahora, tendrás que perdonarme. La señora Harris te acompañará a la puerta.

Incapaz de mirarlo o hablar, Dana lo metió todo en el maletín y escapó.

Si bien sabía que la libertad sería solo temporal. Y que se había comprometido a dar un salto gigante hacia un lugar aterradoramente desconocido.

Al llegar a casa tenía dos mensajes en el contestador, ambos de Nicola, que estaba triste y le pedía que le devolviese la llamada.

«Se ha enterado de lo de Australia», pensó Dana, «y quiere que hablemos de Adam, pero no puedo porque no sabría qué decirle. Hoy necesito pensar».

Se quedó parada en el salón, mirando a su alrededor.

No era grande y la cocina ocupaba un tercio a un lado, mientras que el dormitorio era todavía más pequeño porque tenía un baño con ducha. No obstante, estaba bien para una persona y el precio del alquiler era razonable.

Dana había pintado las paredes en tono crema y lo había amueblado con mimo. El sofá lo había comprado en una subasta y después lo había tapizado con una tela que le había costado más que el propio sofá. El escritorio, de estilo victoriano, que había tenido que lijar y barnizar, lo había encontrado en una tienda de segunda mano.

A parte de eso, solo tenía una estantería y una televisión colgada de la pared. No había fotografías ni adornos que lo personalizasen. Era como si quisiese recordarse que aquella no era su casa, que estaba allí solo de paso.

Pero no había pensado que la dejaría tan pronto. Llevó el maletín al dormitorio y allí lo vació con determinación.

Con el camisón y el vestido manchado de café que se acababa de quitar en las manos, fue a la cocina y tiró ambas cosas a la basura.

Se lavó las manos y puso agua a hervir. También necesitaba comida para llenar el hueco que sentía dentro. Tenía un folleto de un restaurante chino que servía a domicilio pegado en la nevera y decidió que llamaría en cuanto hubiese hecho las maletas. No tenía mucho que llevarse, salvo la ropa de trabajo. De hecho, le dio vergüenza que fuese tan poco.

Supuso que tendría que comprarse un ajuar. ¿No era eso lo que hacían las novias? Aunque ella no era una novia al uso. No obstante, y aunque el suyo fuese un matrimonio de conveniencia, implicaría determinadas obligaciones prácticas, así como otras de índole íntima que en esos momentos prefería no contemplar.

Se apoyó en el escritorio y dijo lentamente, con claridad:

—Voy a ser la esposa de Zac Belisandro, uno de los hombres más ricos de Europa. Vestiré ropa de diseño, seré la anfitriona en sus fiestas y participaré en eventos que, hasta el momento, solo he conocido a través de las revistas que leo en la peluquería.

Y después esperó en silencio a que le explotase la cabeza.

Como no ocurrió, se preparó una taza de té bien cargado y volvió al dormitorio. Vació el armario y los cajones en la maleta que tenía desde el colegio y que nunca se había molestado en reemplazar.

Se lo llevaría todo, aunque era probable que al final no se quedase con nada.

Había terminado la maleta y estaba acabándose el té mientras leía el menú del restaurante chino cuando llamaron a la puerta.

«Nicola», pensó con resignación, pero todavía no sabía qué decirle ni cómo explicarle la decisión más extraña de su vida.

Todavía estaba pensando lo que iba a decir cuando abrió la puerta, y entró Adam.

—Aquí estás —fue su saludo, en tono molesto—. En Jarvis Stratton me han dicho que te habías tomado el día libre, pero he venido antes y no estabas en casa. ¿Qué ocurre?

Dana, que estaba a punto de cerrar la puerta, se giró hacia él.

—¿No debería ser yo quien te hiciese esa pregunta?

—Ah.

Adam hizo una pausa.

—Así que ya te has enterado de mis planes.

—Planes —repitió ella—. Supongo que ya son más que planes y que has venido a decirme adiós.

—Tenemos mucho tiempo para eso —contestó Adam, sonriendo de repente—. Ya sé que tenía que haberte dicho algo. *Mea culpa*. Pero he conseguido una pequeña fortuna, así que ponte tus mejores galas y vamos a celebrarlo.

—Gracias —le contestó Dana—, pero no.

Dudó antes de continuar:

—Te preguntarás dónde estaba antes.

Adam se encogió de hombros.

—Ya da igual.

—De eso nada, es muy importante. He estado en

Mannion, he ido a felicitarte por haberte convertido por fin en su dueño legal.

–Oh, vaya –dijo él riendo–. Y en mi lugar te has encontrado con mi primo Zac, señor de todo lo que le rodea. Ya me parecía que estabas un poco triste. ¿Te ha echado de allí a patadas?

Dana pensó que no tenía sentido andarse con rodeos, respiró hondo.

–Todo lo contrario, me ha pedido que me quede, y que me case con él.

La risa de Adam se interrumpió bruscamente.

–Será una broma, ¿no?

–No. Me ha pedido que me case con él y he... aceptado –le contó, levantando la barbilla–. Estamos prometidos.

Se hizo el silencio.

–Eres una zorra –la insultó Adam en voz baja, fría–. Solo te importa el dinero. Y esa maldita casa, igual que a la mentirosa y chalada de tu madre.

Dana palideció. Lo miró fijamente y siguió en silencio, incapaz de articular palabra para defenderse.

–Sabía que no podía confiar en ti –continuó Adam–, aunque sí que pensaba que habías aprendido la lección hace siete años. Es evidente que me equivocaba.

Hizo una pausa.

–El listo de Zac Belisandro debe de estar perdiendo la cabeza. Primero paga un precio desmesurado por un montón de piedras colocadas en medio de la nada. Y después tendrá que explicarle a su papá y a la tía Serafina que va a manchar el apellido Belisandro casándose con la hija bastarda de la zorra del pueblo.

–No te atrevas a hablar así de mi madre –le advirtió Dana con voz temblorosa.

–Y tú no te des esos aires –le dijo él–. Yo también he sido muy tonto por permitir que guardases las distancias conmigo mientras te abrías de piernas ante Zac y su dinero.

La miró de manera lasciva, quitándose el albornoz que se había puesto con la mirada.

–¿Cuánto cobrarías por demostrarme lo que haces con él en la cama? Dame algo que recordar cuando esté lejos. Zac no se enfadará. No eres la primera mujer que compartimos.

Se acercó a ella un paso más.

–¿Dónde lo hacemos, cariño? ¿En la habitación o aquí, en el suelo?

Dana no respondió, se limitó a darle una bofetada.

Él guardó silencio un momento y después añadió:

–Lo vas a lamentar.

–No –dijo Zac desde la puerta–. El que lo vas a lamentar vas a ser tú como no te marches inmediatamente.

Dana se giró y lo vio; de repente, quiso correr hacia él y enterrar el rostro en su pecho, sentir su abrazo. Sentirse segura.

Era una locura. Los brazos de Zac no eran un refugio.

Además, la brutalidad de las palabras de Zac la tenía aturdida, inmóvil. Palabras que Zac debía de haber oído desde la puerta.

–¿Piensas que puedes obligarme a marcharme? –inquirió Adam en tono de burla.

–No lo pienso, lo sé. Así que vete si no quieres que te tire por las escaleras.

Adam le lanzó una mirada asesina, pero se encogió de hombros y salió por la puerta.

Zac cerró esta de un portazo y miró a Dana de manera fría.

–¿Qué estaba haciendo aquí?

–Pensé que era Nicola y... entró. Quería que saliésemos, pero yo le conté lo... nuestro y se enfadó.

Zac suspiró, se apartó el pelo de la cara y dijo:

–Estaba aparcando cuando lo he visto subir. He oído todo lo que ha dicho –continuó, empezando a sonreír–. Y también tu respuesta, *mia cara*.

–Ha sido como si no lo conociera –comentó Dana con la mirada clavada en el suelo–. Como si, de repente, se hubiese convertido en un extraño. Ha sido horrible.

–Ya ha pasado –la tranquilizó él–, pero, de todos modos, voy a llevarte al hotel hoy mismo.

–Si no hubieses llegado en ese momento... Por cierto, ¿qué haces aquí? Pensé que ibas a quedarte en Mannion.

–Pretendía hacerlo, pero nuestra despedida no fue como yo habría deseado.

–¿Has cambiado de idea acerca de nuestro trato? Supongo que hoy nada parece real. Adam me ha dicho que te ha sacado por la casa mucho más de lo que vale.

Zac se encogió de hombros.

–He pagado por ella lo que, para mí, valía.

–¿Y de verdad lo habrías tirado por las escaleras?

–Por supuesto que sí, *mia bella*. Y habría disfrutado haciéndolo. ¿O es que piensas que eres la única capaz de reaccionar con violencia?

–Te prometo que es la primera vez en mi vida que pego a alguien.

–Pero seguro que ya te había apetecido hacerlo otras veces.

Dana se ruborizó.

–Tal vez.

Lo miró a los ojos durante unos segundos y después Zac apartó la vista y miró a su alrededor.

–Tienes un apartamento muy bonito. Supongo que los muebles son tuyos. ¿Quieres llevarlos a Mannion?

–Lo cierto es que no lo he pensado –confesó Dana–, quizás el escritorio y el sofá, si hay espacio para ellos. Y mis libros. Todo lo demás se puede regalar.

–Me ocuparé de organizarlo mañana.

–Gracias.

Dana dudó.

–Por cierto, ¿cómo sabías dónde vivía?

–Me he informado –respondió él en tono irónico–. Ahora, vístete y termina de recoger para que podamos marcharnos.

–¿Y mi coche?

–Lo tendrás mañana en el hotel.

«Como por arte de magia», pensó Dana mientras iba a su habitación a cambiarse.

Hicieron el camino en silencio y, al llegar al hotel, subieron directos a la habitación del ático.

Al mirar a su alrededor, Dana se dio cuenta de que no se había fijado en su magnificencia la primera vez que había estado allí.

–Espero que estés cómoda –comentó Zac con educación–. Si necesitas algo, solo tienes que pedirlo por teléfono.

–Hace una hora estaba muerta de hambre, pero me temo que he perdido el apetito. Por cierto, ¿a qué te referías antes, cuando has hablado de nuestra despedida?

–Ya lo hablaremos en otra ocasión. Quiero que descanses. *A domani*, Dana *mia*. Hasta mañana.

Ella lo vio atravesar la habitación y pensó que había algo que quería decirle, pero no era capaz de encontrar las palabras.

La puerta ya se había cerrado tras de él cuando susurró casi con desesperación:

–No me dejes sola. No te marches.

¿Cómo podía ser tan tonta?

Capítulo 10

ESTÁS completamente segura? –le preguntó Nicola con nerviosismo–. No estoy defendiendo a Adam, me parece que se ha portado fatal y no es la primera vez, pero Zac no es de los que se casan de rebote. Y si no estás segura, tal vez deberías decírselo.

Por supuesto que tenía dudas, pero eso no cambiaba nada.

–Te prometo que no es así –dijo en voz alta. Y Adam tiene todo el derecho del mundo a empezar una nueva vida en Australia.

Nicola rio con incredulidad.

–¡Si eso fuese todo! No sabes lo que va diciendo por ahí, le está hablando fatal de Zac a todo el mundo. Casi se me había olvidado lo vengativo que puede llegar a ser, aunque ya lo viste con tía Mimi.

–Sí.

«Y conmigo», pensó Dana, mordiéndose el labio.

–Pensó que la tía lo había puesto en ridículo y no lo soportó –continuó Nicola–. Además, estaba furioso conmigo por haberte invitado ese fin de semana. Me dijo que eras la última persona a la que quería ver.

Nicola hizo una mueca.

–Y se puso como un basilisco al enterarse de que Eddie y yo todavía queríamos casarnos en Mannion. No me he atrevido a contarle que Zac nos ha pedido que seamos los testigos de vuestra boda.

–No me extraña –dijo Dana–. Ahora, tranquilízate y toma un poco más de té. Y otro trozo de tarta.

Nicola miró el carrito en el que unos minutos antes les habían llevado el té y los dulces y dijo:

–No me tientes. ¿Cómo se siente una rodeada de tantos lujos?

Dana se obligó a sonreír.

–Supongo que... de lujo. ¿Quieres que te haga una visita guiada?

–Una cosa es tomar el té en el salón –contestó Nicola–. Y, otra muy distinta, invadir la intimidad de Zac. Paso.

–Mi intimidad –le respondió Dana–. Zac sigue en su piso.

–Y yo que pensaba que queríais casaros tan deprisa y corriendo porque no soportabais estar separados. Todo el mundo esperaría que el heredero del imperio Belisandro se casase en una catedral llena de gente.

–Pues, en ese caso, todo el mundo está equivocado –dijo Dana tan contenta–. Porque vamos a estar los cuatro solos en el ayuntamiento. El padre de Zac no está de acuerdo con que nos casemos por lo civil, y a la señora Latimer la acaban de operar, así que tía Joss tiene que quedarse cuidándola.

–¿Y tu madre? –le preguntó Nicola.

–Le he escrito para invitarla, pero no me ha contestado. Cuando tía Joss me dio su dirección en España ya me advirtió que era una pérdida de tiempo –dijo, suspirando–, pero al menos sé dónde está. Trabaja en un bar en Altamejo. No suena demasiado bien.

Nicola hizo una mueca.

–Bueno, mi madre tampoco vendrá a mi boda, pero me ha mandado una pulsera de esmeraldas como regalo de bodas, de su parte y de la de su novio. Eddie la ha llevado a la caja fuerte del banco nada más verla.

Hizo una pausa y preguntó:

–¿Y qué tienes pensado ponerte para una boda tan íntima?

–Nada –admitió Dana sin pensarlo.

Y Nicola se echó a reír.

–En ese caso, tendré que taparle los ojos a Eddie, y al juez de paz. Aunque supongo que Zac estará encantado.

Dana gimió.

–A ti te parecerá muy gracioso, pero me he recorrido todas las tiendas de Londres y no he encontrado nada que me parezca adecuado.

–En ese caso, iremos juntas. Yo conozco muchos sitios –le aseguró Nicola–. Será mejor que hagas una lista. Supongo que para la luna de miel os iréis a algún lugar exótico, así que también vas a necesitar bañadores y ropa de playa, y vestidos vaporosos para las noches.

–Lo cierto es que no nos vamos a ir de luna de miel, al menos, no inmediatamente. Zac tiene que viajar por trabajo y yo voy a quedarme en Mannion.

Sonrió.

–Asegurándome de que las reformas van bien.

–Qué tontería. Deberías acompañar a Zac en sus viajes. Seguro que después de las reuniones se va a la cama, y el sexo, entre otras cosas, es una manera estupenda de reducir el estrés.

Dana se obligó a sonreír.

–Tengo la sensación de que funciona bien con estrés. De todos modos, él lo tiene claro. Va a viajar solo y yo voy a quedarme.

Y ella lo prefería, aunque todavía tendría que pasar por la noche de bodas, y tendría que compartir otras noches con él hasta que se marchase.

Ya que su boda era eso, un intercambio, la casa a cambio de su cuerpo.

Lo que no entendía Dana era por qué seguía durmiendo sola en aquella cama tan grande. Retrasar lo inevitable solo la estaba poniendo más nerviosa.

«No lo entiendo», pensó. «No entiendo a Zac».

En cualquier caso, Mannion sería suya, pero ella nunca le pertenecería. No pertenecería a Zac, porque ya pertenecía a Mannion.

Y nada podría cambiar aquello.

Era un anillo muy clásico. De oro, sencillo, estrecho y sin piedras preciosas.

No había esperado algo así, ni tampoco que Zac se lo llevase a los labios antes de ponérselo en el dedo.

Le resultó extraño tenerlo en el dedo, le llamaba la atención su brillo, pensó mientras se alisaba con nerviosismo la falda de seda color crema, que le llegaba hasta la rodilla, de su vestido de novia.

Tal y como le había prometido, Nicola la había llevado de compras a muchas tiendas que ella no conocía, y se había negado a escuchar sus excusas acerca de que no iba a haber luna de miel.

–Si Zac va a viajar, otro motivo más para que lo recibas con algo glamuroso –le había dicho muy seria.

Así que Dana se había rendido, muy a su pesar. Si bien tenía que admitir que, después de años controlando el dinero que gastaba, había sido divertido derrochar en prendas que jamás había pensado que se podría permitir, mucho menos, vestir.

Lo primero que había comprado había sido el vestido de novia. Lo había visto enseguida, en un perchero lleno de brillantes trajes de noche, y al sacarlo de su sitio se había quedado sin respiración.

Era un vestido sencillo, que realzaba su figura con un diseño precioso. Nada más probárselo había sabido que era el elegido.

Se había mirado en el espejo del probador y había visto a una chica con las mejillas sonrojadas y los ojos iluminados por la emoción. Y, por un instante, se había permitido preguntarse cómo la veía Zac. Qué pensaría de ella.

Ya tenía la respuesta. El rostro de Zac había permanecido impasible al entrar en la sala. Ella le había dado las gracias por el ramo de rosas color crema que le había mandado y él se había limitado a responder:

–*Di niente*.

Y después había mirado al juez.

Habían intercambiado los votos y Zac le había dado un suave beso en los labios, tan suave y formal que casi no había sido un beso.

Después, durante la comida en el Ritz con Nic y Eddie, se había comportado como un anfitrión encantador, pero en esos momentos, en los que estaban solos, solo había silencio.

Quizás se había arrepentido de aquel matrimonio tan rápido, se dijo Dana, notando que se le hacía un nudo en la garganta, desolada. Si así era, ¿qué haría ella? Y, lo que era peor, ¿qué sucedería con Mannion?

Si había cambiado de opinión, podía habérselo dicho antes de la boda. Ya habían estado a punto de tener su primera pelea, cuando Dana se había enterado de que Zac pretendía que ambos se instalasen en la habitación principal de la casa.

–¿Lo has decidido sin preguntarme? –le había preguntado–. Hay muchas otras habitaciones. ¿Por qué esa?

–Porque es la habitación principal –había contestado él con frialdad–. Y, te guste o no, Dana *mia*, voy a ser el señor de la casa.

Zac la había mirado fijamente.

–¿O esperabas encontrarte la sombra de Adam abalanzándose sobre tu cama? Te aseguro que eso no va a ocurrir.

Ella se había ruborizado todavía más, no porque se sintiese culpable, sino porque estaba molesta. Porque contestar que nunca había pensado en Adam de ese modo habría sonado tan poco convincente como afirmar que nunca le había gustado la habitación principal, con la enorme cama con dosel y el papel de la pared de color carmesí intenso, que siempre le había resultado tenebrosa y agobiante.

Pero Zac no le había consultado. Y eso que le había dicho que podría hacer con el interior de la casa lo que ella quisiese. Se mordió el labio. Fuesen cuales fuesen sus decisiones, Zac siempre tendría la última palabra.

«También es mi dueño y señor», pensó, enfadada. «En todos los aspectos».

—Piensa lo que quieras —le dijo cuando consiguió volver a hablar.

Después no habían vuelto a tocar el tema y Dana no pensaba que Zac hubiese cambiado de opinión.

Por primera vez, en vez de emoción sintió aprensión al ver Mannion desde lo alto de la colina.

Al llegar al camino, vio a un grupo de hombres trabajando en el jardín, que casi volvía a estar perfecto. El señor Godstow, ya jubilado, se habría sentido orgulloso.

Zac aparcó frente a la entrada principal y dio la vuelta al coche para abrirle la puerta, le dio a Dana el ramo de flores que había dejado en el asiento trasero.

La puerta de la casa estaba abierta y Dana vio a la señora Harris esperándolos allí, pero ella acababa de salir del coche cuando, de repente, Zac la tomó en brazos para cruzar así el umbral.

Dana estuvo a punto de protestar, pero se dio cuenta de que tenían público.

También fue consciente de que Zac le susurraba algo al oído antes de dejarla en el suelo, pero estaba demasiado nerviosa para entenderlo.

La señora Harris dio un paso al frente.

–Me alegro mucho de verlo, señor, y a usted también, señora –los saludó–. Se han llevado a cabo todos los trabajos que me pidió y espero que le resulten satisfactorios. También quiero decirles que espero que sean muy felices.

Luego hizo una pausa y añadió, incómoda:

–Hay un tal señor Fleming esperándolo en la biblioteca, señor. Me ha dicho que había quedado con usted.

–Lo veré ahora mismo –respondió Zac–. Acompañe a mi esposa a nuestra habitación.

Tomó la mano sin fuerza de Dana y le dio un beso.

–Negocios, pero no te haré esperar mucho, *mia cara* –añadió.

Ella balbució algo y se giró casi con brusquedad para seguir al ama de llaves escaleras arriba. Se sentía aturdida.

Había pensado que Zac le daría, al principio, algo de espacio.

Tiempo para adaptarse a una situación tan nueva y complicada.

Pero tampoco se podía quejar. Al fin y al cabo, era lo que había querido. Y Zac era un hombre de negocios, que trabaja a todas horas, de día y de noche.

Se dio cuenta de que habían llegado a su destino. La señora Harris abrió la puerta y se apartó para que Dana entrase delante de ella en la habitación.

–Espero que le guste, señora.

Y Dana miró a su alrededor más que sorprendida, porque casi no podía reconocer la habitación.

La enorme cama y los muebles oscuros habían desaparecido para ser reemplazados por un diván bajo, con un cabecero muy elegante de color miel, el mismo color de la madera del bonito tocador antiguo y las mesitas de noche que flanqueaban la cama.

Las paredes eran de color marfil, con algunos detalles de hojas y flores en color dorado, diseño a juego con la colcha de la cama.

–Me alegro de que se vuelva a utilizar esta habitación –comentó la señora Harris–. El señor Adam, por supuesto, prefería dormir en su habitación, y a mí me dio pena cuando quiso deshacerse de la cama, aunque no soy quién para decírselo, pero tengo que admitir que la habitación es mucho más alegre sin ella.

Fue hasta una puerta.

–Su baño y vestidor están aquí, señora. Y los del señor Belisandro, enfrente.

Hizo una pausa.

–Ha habido que hacerlo todo muy deprisa, pero me parece que ha merecido la pena.

–Sí –admitió Dana en voz baja–. Es... precioso. Increíble.

La señora Harris sonrió de oreja a oreja.

–Al señor Belisandro le encantará oírlo, señora. Insistió en que todo tenía que estar perfecto para usted.

–Es... muy considerado –añadió Dana.

Entonces se dio cuenta de que estaba agarrando el ramo de flores con mucha fuerza y se lo tendió al ama de llaves.

–Iré a ponerlas en agua mientras usted termina de descubrir la habitación.

–Por supuesto. Gracias.

Dana descubrió que su parte de la habitación se había creado gracias al dormitorio que había estado al lado.

No podía ponerle pegas al vestidor, en el que había armarios a un lado y cajones de distintos tamaños al otro. Ya estaba en él la ropa que se había comprado un par de días antes. Y el cuarto de baño era un sueño hecho realidad, en él había una enorme bañera y también una ducha, todo rodeado de brillantes baldosas color perla.

Al volver al dormitorio, miró hacia la puerta de enfrente, pero decidió no inspeccionar la zona de Zac. Se dijo que lo importante era que se alegraba de que cada uno tuviese su espacio.

Se acercó al tocador y se miró en el espejo. Estaba segura de que la mayoría de las novias no estaban tan nerviosas ni tensas como ella.

Se dio cuenta de que, hasta entonces, había vivido en un estado de irrealidad, en el que había pensado que jamás tendría que poner de su parte en aquel trato al que había llegado con Zac.

Pero allí estaba. Y la culpa era solo suya.

Se estremeció de repente y se preguntó cómo se habría sentido si su plan original hubiese salido adelante. Si hubiese sido con Adam con quien hubiese tenido que compartir aquella cama, quien le hubiese impuesto sus exigencias.

Eso jamás habría ocurrido, pensó entonces. Porque antes de que ocurriese habría salido a la superficie el Adam que era en realidad, y ella habría salido corriendo, aunque aquello hubiese significado perder Mannion.

Y, teniendo aquello claro, ¿por qué no le decía a Zac que había cambiado de opinión? ¿Por qué no se marchaba de allí mientras pudiese?

Entonces se dio cuenta de la verdad, una verdad que había intentado no ver en los últimos siete años.

Aquel era el motivo por el que seguía allí, esperando a que llegase su marido.

Capítulo 11

DANA le dio la espalda al espejo. Rechazó la imagen de aquella extraña que tan confundida la tenía.

«No quiero conocerla», pensó, desesperada, poniéndose a temblar. No entiendo de dónde ha salido. Solo sé que no puedo vivir en su cabeza, ni en su corazón.

Porque pensar como ella piensa, sentir lo que siente... sería una locura. Además, no es cierto. No puede serlo.

Era mejor, más seguro, pensar que lo que estaba sufriendo era la reaparición de una antigua y peligrosa obsesión que ella había creído enterrada.

Había empezado a las pocas semanas de marcharse de Mannion, mientras lloraba antes de dormirse por las noches y se decía que odiaba que todo fuese tan injusto. También odiaba a Zac por haberla puesto en ridículo, y por haber mentido después. Lo odiaba por los sueños que a Dana le daba vergüenza recordar por la mañana.

Decían que había personas que añadían el insulto a la herida, pero en su caso había ocurrido lo contrario. El cínico intento de seducción de Zac, fingiendo ser Adam, había sido el insulto.

Pero acusarla de ser una especie de ninfómana adolescente para que la echasen de Mannion, había sido la puntada final, por la que jamás lo perdonaría.

Con el paso de los días, se había acostumbrado a vivir en la pequeña y calurosa habitación en la que había vivido en Londres, al ruido del tráfico, que no paraba nunca, e incluso a los niños llorones y malcriados. Casi todo el tiempo había sido capaz de no pensar en ello.

No obstante, no había sido capaz de sacar de su mente a Zac Belisandro. Siempre estaba allí. Había buscado su nombre en las revistas con la esperanza de leer que su vida también se había truncado.

En su lugar, lo había visto hacerse cada vez más fuerte, tanto desde un punto de vista personal como laboral. Había visto en las revistas del corazón a las chicas con las que salía, en ocasiones durante semanas, pero, en otras, como en el caso de una bella actriz francesa y de una modelo norteamericana, durante meses.

Había sido entonces cuando había vuelto a tener aquellos sueños, pero en esa ocasión como una mera observadora.

El sentido común le había dicho que dejase lo que se estaba convirtiendo en una adicción, que dejase de buscar su nombre en los periódicos y en Internet.

En su lugar, había intentado convencerse de que tenía que seguirle el rastro, saber dónde vivía y qué lugares frecuentaba para evitar encontrarse con él.

Su mudanza a Melbourne había sido como abrir la jaula.

«Por fin soy libre», se había dicho Dana, casi exultante de alivio. «Mi vida va a cambiar».

Y había cambiado, pero de un modo que jamás habría imaginado posible.

«Te deseo». Un mensaje directo e inequívoco, sin rastro de ternura.

¿Sería esa la actitud de Zac con ella?

Ojalá hubiese podido pensar aquello, era su única esperanza si quería contenerse y ser capaz de no traicionarse sola.

«No puedo permitir que ocurra», susurró. «Hace años que sé el poder que tiene sobre mí, y no puedo permitir que me controle. Tengo que resistirme, luchar contra él y contra mí misma».

Olvidarse de que se había casado y pensar que era solo una transacción comercial. Y tener la esperanza de que Zac se aburriese pronto y empezase a buscar otras cosas.

Porque desear algo distinto habría sido una locura.

Se giró para salir de la habitación y se detuvo bruscamente al ver a Zac en la puerta de su vestidor, con los brazos en jarras, sin chaqueta ni corbata y con la camisa desabrochada casi hasta la cintura y remangada.

Su aspecto bien podía ser informal, pero Dana pensó que seguía estando igual de impresionante.

Así que le dijo, casi sin aliento:

—Pensé que seguías ocupado con tu visita. Me has... asustado.

—Ya lo he visto —respondió él en tono seco—. La visita solo ha venido a traerme algo. Tal vez, en un futuro, deba avisar de mi llegada silbando con fuerza o gritando: «¡Hola!» —sugirió—. ¿Qué te parece?

Ella se encogió de hombros.

—Que será mejor que dejemos las cosas como están. Al fin y al cabo, dicen que uno acaba acostumbrándose a todo con el tiempo.

—Me pregunto si también ocurre con el matrimonio —reflexionó Zac—. Para empezar, ¿piensas que podrás acostumbrarte a los cambios que ha habido en esta habitación, *mia cara*?

—Habría preferido que me consultaras —dijo ella, mirando a su alrededor—. Dijiste que yo me ocuparía de la casa.

«Desagradecida», pensó, odiándose. Desagradecida y grosera.

Zac arqueó las cejas.

—Acepta mis disculpas. Pensé que sería una sorpresa

agradable. Que así la habitación te resultaría, ya sabes, más aceptable.

Dana lo entendía y sabía que, si aquel hubiese sido un matrimonio real, en esos momentos habría estado entre los brazos de Zac, susurrándole entre beso y beso:

–*Grazie*.

Pero necesitaba más tiempo para aceptar que aquel era el camino que había escogido.

–Hablando de sorpresas –comentó–. ¿De verdad era necesario tomarme en brazos para entrar en la casa delante de la señora Harris? Podría haber entrado andando.

–Échale la culpa a mi ascendencia romana, *mia bella* –dijo Zac–. En el pasado, si una novia tropezaba al cruzar la puerta de su nuevo hogar, era señal de mala suerte, así que pensaban que era mejor llevarla en brazos.

–Y, claro, como nuestra situación es perfecta –replicó Dana–. Y, además, como seguro que sabrás, siempre he considerado Mannion mi casa.

Él apretó los labios, pero cuando habló lo hizo en tono sereno y agradable:

–En ese caso, piensa que he sentido un impulso irresistible, *carissima*.

–Al entrar, me has dicho algo que no he logrado oír. ¿Qué era?

–Otra vieja costumbre. He dicho: *Ubi tu Gaia, ego Gaius*. Que significa que «donde tú estés, Gaia, estoy yo, Gaius».

–Pero solo en esta casa, no en todas partes –respondió Dana–. En cualquier caso, gracias por la lección de historia.

–Cualquiera diría que quieres discutir conmigo, Dana *mia*.

Hizo una pausa.

–¿Se me permite dar por hecho que eres mía, espero, o será ese otro motivo de discordia?

Ella se mordió el labio y Zac suspiró.

–¿Por qué no declaramos una tregua? He venido a decirte que hay té en la terraza –le contó–. Salvo que prefieras quedarte aquí hasta la hora de la cena, que he pedido que sirvan a las ocho en punto.

Dana se preguntó si, en ese caso, podría esperar allí sola.

–Me encantará tomar un té –admitió.

En la terraza la temperatura era deliciosa, y Zac estaba muy relajado, recostado sobre unos almohadones y con la mirada clavada en la suave curva de sus pechos. Tal vez a Dana le molestase que la mirase así, pero aquello era trivial en comparación con la idea de que, en tan solo unas horas, Zac tendría derecho a verla sin nada de ropa.

–Cuando vuelva de mi viaje –empezó Zac–, a mi padre le gustaría que fuésemos a su casa del lago Como. Me parece que quiere que bendigamos nuestro matrimonio en la capilla familiar.

–Dadas las circunstancias, pienso que es casi una blasfemia –comentó ella, levantando la barbilla–. Y, en todo caso, yo no podré ir. Tengo demasiadas cosas que hacer aquí.

Zac se incorporó.

–¿No puedes dedicarle un par de días a mi padre, que quiere recibirte como a una hija?

–No sabía que querías que jugásemos a las familias felices.

–Pues ahora ya lo sabes –sentenció Zac–. A cambio, yo te acompañaré a España a ver a tu madre.

Ella se miró las manos, que se había agarrado con fuerza sobre el regazo.

–Gracias, pero no será necesario.

Él no respondió, pero Dana se sintió cada vez más enfadada. Su madre ya había sufrido suficiente, no le hacía falta que, además, el primo se Serafina ni más ni menos, invadiese su santuario español.

Se dijo que la ira era buena. Lo mismo que el resentimiento. Alimentarlos le evitaría pensar y anhelar cosas imposibles...

–¿Y la señora Latimer? –preguntó–. No creo que quiera verme en Italia. Ni que nos perdone, a ninguno de los dos, el hecho de que yo esté en estos momentos ocupando su casa.

–Para empezar, esta ya no es su casa –contestó Zac–, dejó de serlo cuando su marido y su único hijo fallecieron. Se convirtió en un lugar vacío del que Serafina se alegró de marcharse. No pienso que le importe quién viva en él después.

«Un montón de piedras en medio de la nada...».

Había sido Adam quien había dicho aquello, pero no era cierto. Jamás lo sería. Ella se encargaría de que no lo fuese.

–Y cuando volváis a encontraros, esperará que la llames Serafina, como hago yo. *Capito?* –añadió Zac.

–Sí, lo entiendo.

–Y me da la sensación de que no te gusta –le dijo Zac con cierta tristeza–. Así que permite que comparta contigo otras noticias que te van a gustar más. Ya está aquí tu coche, lo ha traído mi chófer hace un rato.

Se sacó la llave del bolsillo y la dejó encima de la mesa que había entre ambos.

–Seguro que te alegras de tenerlo.

–Sí –respondió ella, tomando la llave–. Me alegro.

–Imagino que lo verás como un medio para escapar –continuó Zac–, pero eso no va a ocurrir.

–¿Me lo vas a impedir?

–No. Sencillamente, voy a confiar en ti, *mia bella*, y en que vas a respetar nuestro acuerdo.

–Respetar –repitió ella en tono amargo–. Qué raro me resulta utilizar esa palabra en este contexto.

–Tenías que haberlo pensado antes, antes de que te pusiese la alianza en el dedo esta mañana.

Zac dejó que Dana absorbiese aquello y después suspiró con brusquedad.

–Tal vez, Dana *mia*, nos vendría bien a ambos refrescarnos un poco.

Se puso en pie y le tendió la mano.

–Yo voy a darme un baño. ¿Vienes conmigo?

Dana se puso tensa al recordar algo que la incomodaba, la imagen de Zac saliendo del agua, bronceado y desnudo. Era probable que, en esa ocasión, tuviese pensado bañarse igual.

–No, gracias. Estoy bien donde estoy.

–Aunque un poco sonrojada –dijo él sonriendo.

–Y no soy buena nadadora –añadió Dana enseguida.

Zac se encogió de hombros.

–*Non importa*. No voy a permitir que te ahogues.

–Aun así, la respuesta sigue siendo no.

–Sí, *carissima* –respondió él en tono suave–, pero, ¿a cuántas preguntas?

Dicho aquello, se dio la media vuelta y bajó las escaleras para dirigirse hacia la piscina. Dana se quedó mirándolo.

Una vez a solas, Dana se tomó su té y comió un sándwich y un trozo de tarta. Intentó dar normalidad a una situación que era completamente anormal.

Se dijo que lo mejor sería concentrarse en otra cosa completamente diferente. Encontrar un lugar desde donde pudiese trabajar y centrarse en el verdadero motivo por el que estaba allí.

Y empezaría poniéndose su ropa de todos los días, se dijo, poniéndose en pie.

Un rato después, vestida con unos pantalones capri vaqueros y una camisa blanca anudada a la cintura, volvió a la terraza, donde la señora Harris estaba recogiendo las cosas del té.

La vio dirigirse hacia el interior de la casa y, antes de que lo hiciese, le preguntó:

—Señora Harris, ¿sabe si han traído, por casualidad, un sofá y un escritorio de mi casa?

—Deberían llegar mañana, señora. El señor Belisandro ha pedido que vacíen la salita de estar para ponerlos allí.

Dana sonrió.

—La verdad es que yo tenía otra idea —comentó mientras bajaba las escaleras.

Durante mucho tiempo, había visto la casa de verano como un lugar al que no quería volver, pero eso se iba a acabar, pensó mientras atravesaba el jardín.

Al fin y al cabo, los recuerdos que esta le traía pronto se verían sustituidos por otros mucho más potentes, lo que le permitiría ver ese lugar como otro más de la casa.

De hecho, iba a convertirse en su santuario, en el que tendría sus propios muebles.

Iba a necesitar alguna reforma, por supuesto. La electricidad era imprescindible.

No volvería a quedarse allí en la oscuridad, pensó muy seria.

El camino que llevaba a la casa de verano le resultó mucho más estrecho, los árboles y arbustos que lo bordeaban habían crecido demasiado, tanto, que escondían la construcción.

Cuando por fin llegó adonde esta había estado, entendió el motivo. Había desaparecido y solo había allí un espacio vacío. De hecho, no quedaba ni un solo tablón de madera.

Dana se quedó desolada, sin aliento.

Y se preguntó por qué habría hecho Zac aquello.

Se marchó por donde había llegado y, al llegar a la zona de césped que había delante de la casa, vio a un jardinero que salía de la zona de los arbustos.

–¿Me puede decir qué ha pasado con la casa de verano?

–La han tirado abajo y se lo han llevado todo. Por órdenes del jefe –dijo–. El viejo Godstow intentó convencerlo de que no lo hiciera, pero él contestó que siempre había odiado aquel lugar.

–Ah, ya entiendo –balbució Dana, aturdida, aunque no era cierto.

Sintió el impulso de ir a buscar a Zac y preguntarle el motivo de semejante acto de vandalismo.

Pero estaba a medio camino cuando se detuvo al darse cuenta de que no podía hacerle aquella pregunta. No quería que Zac supiese que la casa de verano le había importado, ni el motivo por el que se sentía dolida y desolada con su destrucción.

Sería mucho mejor no decir nada, pensó con tristeza. Y si él sacaba el tema, fingir total indiferencia.

Al fin y al cabo, ¿qué más daba fingir un poco más?

«Tengo que olvidarme del pasado», se dijo mientras iba en dirección a la casa, «y concentrarme en el futuro. En volver a darle vida a Mannion. Ese es el motivo por el que estoy aquí y es lo único que importa».

Acompañada por la señora Harris y armada con cuaderno y bolígrafo, empezó por el piso de arriba, decidiendo qué habitaciones debían redecorarse completamente y cuáles necesitaban solo cortinas y ropa de cama nuevas.

–Me temo que esta boda va a darle mucho trabajo, señora Harris –se disculpó.

–Todo lo contrario, señora. Estoy encantada. La señorita Nicola era una chica encantadora –comentó sonriendo–. Y el señor Belisandro va a contratar a alguien para que me ayude con la limpieza. La señora Cawston, que vive en el pueblo, va a venir todos los días, y tiene una sobrina que podría ayudarnos en caso de emergencia.

–Buena noticia –admitió Dana–. Ahora, la dejaré marcharse para que pueda empezar a hacer la cena.

–Ya está hecha –le aseguró la señora Harris, poniéndose colorada–. Y el señor Belisandro me ha dado la noche libre.

–Ah –respondió Dana, ruborizándose también–. Por supuesto.

Mientras se dirigía al piso de abajo, se dijo que lo mejor sería acostumbrarse a la salita de estar, donde, al parecer, pasaría mucho tiempo a partir de entonces.

Pero al pasar por delante de la biblioteca, vio a Zac saliendo de esta.

–Te estaba buscando. Tenemos que hablar un poco de dinero.

Encima del escritorio había toda una colección de tarjetas de crédito color platino, una enorme chequera y una carpeta verde en la que había papeles.

–Ya tengo tarjeta de crédito y chequera –le aseguró.

–Por supuesto, pero para llevar Mannion, vas a necesitar también estas. Y estar al corriente de los gastos de la casa, hay que pagar salarios y, por supuesto, también están los gastos de tu proyecto de redecoración –le dijo, señalando la carpeta–. Aquí están todos los detalles, tendrás que pasar por el banco para que registren tu firma... con el nombre de casada.

Ella asintió.

–Supongo que habrá un límite.

Zac se encogió de hombros.

–Todo lo contrario. Gástate lo que quieras. Esa es mi parte de nuestro trato, *carissima*.

«Nuestro trato», pensó ella. Un trato horrible al que había accedido a ciegas, para satisfacer el deseo de poseer lo que había sido su obsesión desde niña.

«Eres una zorra. Solo te importa el dinero», le había dicho Adam. Y no le había faltado razón. Dana sintió vergüenza.

Ya no le servía decirse que, como hija de Jack Latimer, la casa tenía que haber sido suya de todos modos, porque el fin no justificaba los medios que había decidido utilizar.

—Eres muy generoso —dijo con una voz que no reconocía.

—¿Por qué no? —preguntó él con una nota de cinismo en la voz—. Espero ser recompensado por ello.

Luego la miró fijamente.

—¿Por qué te has quitado el vestido?

—Tenía que hacer cosas y he pensado que sería más apropiado ponerme ropa de trabajo. Y, de todos modos, creí que no te habías fijado en el vestido —añadió sin pensarlo.

Él arqueó las cejas.

—¿Piensas que estoy ciego?

—No. Ha sido... una tontería. Y tampoco pretendía conseguir un cumplido.

Zac sonrió con ironía.

—Al menos, no pretendías que el cumplido lo hiciese yo. Ya lo sé.

Luego, hizo una pausa.

—¿Te parece bien si cenamos temprano? Casi no has comido a mediodía.

Dana se dio cuenta de que no solo se había fijado en el vestido. Se le hizo un nudo en la garganta. Tendría que fingir que disfrutaba de la cena si no quería que Zac pensase que estaba en huelga de hambre.

—Me parece bien —respondió con insólita docilidad.

Y, para su propia sorpresa, así fue.

Cenaron una sopa fría de aguacate, salmón y, de postre, una delicada mousse de salmón con frambuesas frescas. Todo ello acompañado por un aromático vino blanco, fresco, que Dana no había probado antes.

Aunque, pensó, tal vez fuese su salvación.

—Ten cuidado, *cara mia* —le advirtió Zac mientras le servía la segunda copa—. Es una cosecha excelente, no un anestésico.

Ella se mordió el labio.

—No sé a qué te refieres.

—Me alegra oírlo. Hoy me he enterado de que mi tía Serafina ha decidido venir a la boda de Nicola. Como sabes, le tiene mucho cariño.

«A mí, no tanto», pensó Dana, dejando la copa con cuidado en la mesa.

—¿Y está en condiciones físicas de viajar?

—Utiliza un bastón para andar y espera estar completamente recuperada para la boda. Tu tía, por supuesto, la acompañará —añadió Zac—. Y sus habitaciones estarán la una al lado de la otra, si es posible.

Dana bajó la vista a la mesa.

—Me encargaré de que así sea.

Pensó que sería un encuentro incómodo, y suspiró en silencio.

—¿Quieres café? —le preguntó Zac cuando hubieron terminado de cenar.

—No, gracias —respondió ella, y añadió sin pensarlo—: Me impediría dormir.

Él la miró, pensativo, y por fin le dijo en tono amable:

—¿Me creerías si te dijese que no tienes nada que temer?

—No —admitió Dana—. ¿Cómo te voy a creer?

En realidad, lo que la asustaba era cómo se sentía

cuando Zac la tocaba. La asustaba haber descubierto siete años antes que lo deseaba...

–Pero eso da igual –continuó enseguida–. Tenemos un trato y voy a cumplir mi parte. Tú... puedes querer lo que sea y yo no voy a detenerte.

–*Carissima* –le aseguró él en tono amable–. Me han hecho ofertas mucho más atractivas que esa.

–Seguro que sí –respondió Dana–, pero yo no te las voy a hacer. Nunca. Es algo que no... no puedes esperar de mí.

–Ya imaginaba que iba a tener que ser paciente –admitió Zac–. Al parecer, tenía razón.

Se puso en pie.

–En cualquier caso, yo voy a tomarme un café y a terminar algo de trabajo que tengo que hacer antes del viaje. Subiré en tres cuartos de hora, si te parece bien.

Ella fue incapaz de articular la palabra «sí», así que se limitó a asentir mientras se levantaba de la mesa.

Mientras salía de la habitación, notó su mirada clavada en la espalda, cual mano en el hombro, de camino a la habitación y a la cama que iba a tener que compartir con él.

Capítulo 12

ABÍAN abierto la cama y habían dejado sobre esta uno de sus camisones, uno recatado, de color blanco.

Dana se puso un baño caliente y olió los caros artículos de tocador que le habían comprado, decidiéndose finalmente por el de aroma a geranio rosa.

Después de secarse, se puso el camisón por la cabeza y volvió al dormitorio, donde se sentó al tocador para desenredarse el pelo.

Estaba dejando el cepillo cuando oyó que la puerta del vestidor de Zac se abría. Se levantó y se giró hacia él, con los puños cerrados y el cuerpo tenso bajo aquel velo opaco que llevaba puesto.

Zac se quedó inmóvil y, durante unos segundos, se limitaron a mirarse.

Después, suspiró y se acercó a la cama, quitándose la toalla blanca que llevaba a la cintura, que resultó ser su única ropa, y recordándole a Dana lo magnífico que era su cuerpo antes de meterse bajo las sábanas.

–Si vas a quedarte ahí toda la noche, cual virgen mártir ante la hoguera, puedes hacerlo –comentó–. Yo pretendo dormir.

Se puso de lado, dándole la espalda, mientras ordenaba las almohadas y apagaba la luz.

Al principio, Dana se quedó donde estaba, confundida, con la mirada clavada en el suelo, esperando a que se le pasase el calor que había invadido todo su cuerpo y a que se le calmasen los latidos del corazón.

Pero luego se dijo que aquel comportamiento era ridículo, así que, muy a su pesar, atravesó la habitación, apagó su propia lámpara y se metió en la cama, en la que se tumbó boca arriba, muy tensa, y lo más lejos posible de Zac, sin terminar en el suelo, sintiendo deseo y miedo, al mismo tiempo, de que Zac la tocase.

Pero los minutos fueron pasando, convirtiéndose en una eternidad, y entonces Dana se dio cuenta, sorprendida, de que no iba a ocurrir. A juzgar por su respiración, lenta y profunda, Zac se había quedado realmente dormido. Y ella empezó a relajarse poco a poco, disfrutó de la comodidad del colchón y sintió cómo su propia respiración se iba calmando.

Y se dio cuenta también que, en una cama de semejante tamaño, le era fácil fingir que estaba durmiendo sola.

Y que estar sola era lo más sensato.

Al día siguiente, Zac se marcharía de viaje. Estaría fuera varias semanas, lo que le daría a Dana tiempo para encontrar una estrategia con la que afrontar aquella vida a la que había accedido.

«Zac ha hecho lo mismo», se recordó. Era posible que se hubiese arrepentido de su decisión. Quizás fuese el motivo por el que estaba guardando las distancias, para no convertir un error en todo un desastre.

Si... si no tenían sexo, podrían anular su matrimonio con facilidad y rapidez, aunque tuviesen que esperar un tiempo antes de divorciarse.

Tal vez pudiesen terminar con su matrimonio incluso antes de que se hiciese público.

Dana cambió de postura, nerviosa, y luego se quedó inmóvil al darse cuenta de que podía molestar a Zac.

Aquello era un desastre. Un horrible desastre. No pudo evitar pensar en la oscuridad de la casa de verano años atrás. En la silenciosa y falsa magia de sus besos y caricias.

Recordó el roce de la camisa de Zac contra su piel desnuda y se llevó las manos a los pechos. Se le habían endurecido los pezones.

Se imaginó aquella misma noche, pero desabrochándole la camisa a Zac y acariciándolo, aprendiendo todo su cuerpo con las puntas de los dedos. Sintiéndolo vivo bajo las manos. Notando su calor con los labios...

Por aquel entonces había sido demasiado tímida, demasiado inexperta para hacer aquello. Y lo cierto era que no había cambiado mucho desde entonces. Aquel seguía siendo un terreno desconocido para ella.

Habían pasado siete años y no había podido olvidarse de aquella noche, pero tenía que hacerlo. No podía seguir pensando en ella, si lo hacía estaría perdida.

No podría ocultar lo que sentía. Lo que quería. Bastante malo era tener que estar allí con él, sabiendo que solo tenía que alargar una mano...

En su lugar, se mordió los nudillos con fuerza y se causó dolor. No obstante, sabía que el daño que le causase a su piel se sanaría, mientras que el dolor que tenía dentro era mucho más difícil de calmar.

No obstante, no podía rendirse ante un hombre que, en el fondo, la había comprado solo por el sexo y al que no le importaría que ella le entregase, junto con su cuerpo, su alma y su corazón. Todo lo contrario, era tan cínico que era probable que le resultase divertido.

Era mejor, mucho mejor, resistirse a la oscura tentación que Zac representaba y recordar que aquello era solo una cláusula del contrato. Nada más.

A Dana no se le había olvidado lo que Adam le había dicho con respecto a que Zac se aburría de las mujeres en cuanto eran suyas.

Y era poco probable que aquello pudiese cambiar solo porque estuviesen casados.

En ese momento se obligó a ser práctica y a pensar en los cambios que quería hacer en las habitaciones. «Imagínate en ellas, visualiza la pintura y las telas».

En su lugar, se encontró en un pasillo largo y vacío, sin ventanas, con las paredes, el suelo y el techo blancos. Se vio corriendo hacia la puerta que había al fondo, buscando desesperadamente algo de color, algún signo de vida, y entonces la puerta se cerraba ante ella. Y Dana se dejaba caer al suelo y cerraba los ojos ante la cegadora claridad.

Cuando volvió a abrirlos poco después se dio cuenta de que estaba en la cama, y que la habitación estaba bañada por la tenue luz del amanecer.

Y descubrió algo mucho más inquietante. Durante la noche había cambiado de postura, se había acurrucado contra Zac y había apoyado la cabeza en su pecho. Este, por su parte, tenía la mano apoyada en su cadera.

¿Cómo había ocurrido?, se preguntó Dana con un nudo en la garganta. Aunque ya se preocuparía por eso más tarde.

Se mordió el labio y, con sumo cuidado, lentamente, apartó la mano de Zac. Estaba apartándose de él cuando lo notó moverse, oyó que murmuraba algo ininteligible y, un instante después, lo vio abrir los ojos y mirarla.

Después de unos segundos, dijo:

—*Buongiorno*.

Dana miró al frente.

—Lo siento. Yo... no pretendía despertarte.

—Te creo —respondió él en tono divertido—. Y no hace falta que te disculpes. Te prometo que agradezco la molestia.

—Sí, claro —balbució Dana—. Tienes... que tomar un

avión, y yo también tengo mucho que hacer. Será mejor que me levante temprano.

–No me refería a eso, *mia cara*, y lo sabes muy bien.

Y antes de que a Dana le diese tiempo a reaccionar, Zac la atrajo hacia su cuerpo desnudo.

Luego la miró fijamente, le apartó con cuidado un mechón de pelo de la cara y pasó un dedo suavemente por la curva de su mejilla y por sus labios.

A pesar de ser una suave caricia, Dana notó que le calaba hasta los huesos, que se le erizaba el vello de todo el cuerpo.

Después de deseo, sintió miedo. No de él, sino de sí misma y del secreto que necesitaba mantener.

Sin saber cómo, consiguió decir:

–Por favor, ¿podemos...? ¿Podemos esperar? Tal vez hasta después de tu viaje. ¿Puedes darme tiempo para que me acostumbre... a todo?

–¿Siete años no te parece suficiente tiempo? –le preguntó él.

Su intención era evidente. Zac no quería esperar más.

Apartó las sábanas y Dana agradeció llevar el camisón que llevaba puesto. Aunque Zac parecía hipnotizado con sus pechos.

Esperó, muy tensa, a que Zac la besase... Y a todo lo demás.

Cerró los ojos por miedo a ver lo que vería en su rostro. «Triunfo», pensó, tragando saliva. «Deseo transformado en determinación». Todo ello insoportable.

Así que se sorprendió con la ternura de su beso, con la suavidad con la que le acariciaba los labios con lo suyos, explorando los delicados contornos de estos como si fuesen los pétalos de una flor que no quería dañar.

De repente, Dana volvió a tener diecisiete años, y su cuerpo inocente respondía gustoso a las caricias de aquel amante de medianoche al que no podía ver.

Se dio cuenta de que todo su cuerpo estaba volviendo a despertar, entre los brazos del hombre al que amaba...

Separó los labios y le permitió que profundizase el beso, le gustó notar la caricia de su lengua.

Al mismo tiempo, las manos de Zac estaban recorriendo lentamente todo su cuerpo, tocándola con cuidado, acariciándola a través de la fina tela del camión, como si quisiera grabar en su memoria cada curva, cada ángulo, cada llanura. Sus dedos se detuvieron por fin en el arco de sus pechos.

Zac le bajó el fino tirante del camisón y dejó un pecho desnudo antes de tomarlo con la mano y acariciarlo suavemente con el dedo pulgar al mismo tiempo que seguía besándola.

Pero cuando fue a bajarle el otro tirante, Dana se dio cuenta de lo que estaba haciendo.

—No, por favor —le rogó, apartándolo—. No puedo...

—Me dijiste que no te resistirías —le recordó él en voz baja.

—Sí, pero no entiendes cómo me siento. Es imposible. No estoy preparada.

—¿Y estarás más preparada dentro de una semana, o un mes? —le preguntó Zac sacudiendo la cabeza—. Lo dudo, *cara mia*.

Hizo una pausa.

—Vamos a hacer un trato.

—¿Otro? —preguntó Dana con voz temblorosa—. ¿No es suficientemente complicado el primero?

—Vamos a hacer un trato diferente —le propuso él—. Y, tal vez, más sencillo.

La miró a los ojos.

—Si tú intentas confiar en mí, *mia bella*, yo intentaré ser paciente. Al menos, hasta que tú me digas que ya no es necesario. ¿Te parece?

Dana guardó silencio un momento, sabiendo que, en

realidad, en quien no podía confiar era en sí misma. Al final asintió.

Después de otra breve pausa, Zac se inclinó hacia delante y le dio un beso en la frente y en los ojos, y otro en los labios.

Le acarició los brazos, se los separó y la besó en la axila, bajó hasta las muñecas y le agarró las manos entrelazando los dedos con los suyos.

Ella contuvo un gemido al notar que el placer le sacudía todo el cuerpo. Un placer imposible de ignorar.

Notó que se hundía en la cama y se le aceleraba el corazón mientras los labios de Zac llegaban al valle que había entre sus pechos, donde se detuvo un momento interminable, con la mejilla pegada al seno que había descubierto.

Entonces, muy despacio, Zac le soltó las manos y colocó las suyas en las caderas de Dana, acarició su vientre, jugó con sus pezones, que estaban completamente erectos y ansiaban sus caricias. Era un tormento erótico que Zac parecía dispuesto a alargar eternamente.

En esa ocasión, Dana no pudo contener el gemido de deseo ni pudo evitar arquear la espalda hacia él.

–Sí, *carissima* –susurró él con voz ronca.

La besó en los labios y después bajó a los pechos, acariciándolos y llevándoselos a la boca al mismo tiempo. Llevó una mano hasta el dobladillo del camisón y le acarició el interior del muslo, llegando muy cerca de la parte más íntima de Dana, del lugar en el que deseaba que la acariciase. Muy cerca, pero no lo suficiente.

Su cuerpo estaba en ebullición con la frustración del placer contenido, derritiéndose, escaldado con la necesidad de conocer y dejarse conocer. Dana sintió ganas de sollozar, pero tomó la mano de Zac y la puso entre sus muslos, que se separaron para recibirlo para la primera caricia íntima que su cuerpo había experimentado.

Zac la tocó con cuidado, pero de manera exquisita y aterradoramente precisa, deslizándose por su piel hasta encontrar su parte más delicada, y empezando a jugar con ella con los dedos. Dana oyó cómo cambiaba su propia respiración mientras todo su ser se concentraba en unas sensaciones que no había creído que fuesen posibles.

La mano de Zac se movió un poco, para penetrarla con cuidado con un dedo y retirarlo después, una y otra vez mientras, con el pulgar, seguía estimulándola de manera cada vez más intensa.

Ella dio un grito ahogado y se sintió como si hubiese estado al borde de un abismo, y como si el interior de su cuerpo se estuviese preparando para saltar al vacío.

Quiso gritarle que parase porque no lo podía soportar, pero supo que si paraba se moriría...

Y, cuando por fin se tumbó encima de ella, se abrió para él, diciéndole sin necesidad de palabras que estaba preparada y más que dispuesta.

No obstante, Zac tomó posesión de ella sin prisa, dando la impresión de que controlaba completamente su pasión mientras iba entrando en su cuerpo y buscaba en su rostro algún signo de molestia.

Pero si hubo dolor fue por poco tiempo, y completamente abrumada por la necesidad de tenerlo dentro. De que la hiciese mujer por fin.

Entonces Zac empezó a moverse más deprisa, casi con urgencia, como si estuviese llegando al final y Dana sintió entonces aquella exquisita tensión en su interior que hacía que se sintiese cada vez más desesperada.

Entonces Zac metió la mano entre ambos y la acarició, y Dana gimió al llegar al éxtasis mientras su cuerpo se sacudía.

Lo oyó decir su nombre con voz ronca y angustiada y entonces sintió dentro el calor de su propio clímax.

Capítulo 13

DESPUÉS se hizo el silencio. Zac se quitó de encima de ella y se tumbó boca arriba, tapándose los ojos con un brazo mientras intentaba calmar su respiración.

Dana se quedó inmóvil. Sabía que todavía era temprano, pero el sol ya bañaba la habitación. No tenía fuerzas ni para levantar un dedo, pero al mismo tiempo se sentía bien.

Giró la cabeza muy despacio y miró a Zac. Quiso decirle algo, expresar cómo se sentía, cómo la había hecho sentirse durante aquella deliciosa iniciación, pero no tenía palabras.

«Gracias», le pareció inadecuado, incluso ridículo, y «te quiero» era impensable.

Además, tenía la esperanza de que Zac fuese el primero en hablar.

Al final, fue ella la que le tocó el hombro y le preguntó:

–¿Zac? ¿Deberíamos... hablar?

Y se maldijo al instante por haber dicho semejante tontería.

Él no respondió inmediatamente y Dana se preguntó si estaría dormido.

–Más tarde –dijo entonces–. Ahora ambos necesitamos descansar. A ambos nos espera un día complicado.

No era la respuesta que Dana había esperado oír, pero tampoco iba a contradecirlo. Esperó, preguntándose si

Zac la abrazaría, con la esperanza de que lo hiciese, pero este se limitó a tumbarse de lado y darle la espalda y, tras un momento de decepción, Dana lo imitó.

«Puedo esperar», se dijo.

Y, enterrando la mejilla en la almohada, sonrió.

No pensó que se dormiría porque tenía demasiadas cosas en las que pensar, demasiado que planificar.

Y despertó sobresaltada, preguntándose qué la había molestado.

No había sido Zac, porque estaba sola en la enorme cama. Y también descubrió sorprendida que llevaba el camisón, que él debía de haberle puesto en algún momento.

Entonces oyó que llamaban suavemente a la puerta y la voz de la señora Harris que le decía:

—El té, señora.

Y se dio cuenta de qué la había despertado. Miró el reloj que había en la mesita de noche y vio que eran las diez de la mañana.

Se sentó, estiró un poco las sábanas y, ruborizada, dijo:

—Adelante.

La señora Harris también estaba sonrojada. Le dejó la bandeja en el regazo y fue a abrir las cortinas para que entrase mejor la luz del sol.

Dana pensó que hacía un día precioso, pero, tal y como indicaba la solitaria taza de la bandeja, lo iba a pasar sola.

—¿Está mi... marido tomando café? —preguntó.

—El señor Belisandro ha desayunado hace un buen rato, señora. El chófer y uno de los jardineros están bajando su equipaje al coche.

—¿Ya? —preguntó Dana alarmada, apartando la bandeja y las sábanas—. Necesito hablar con él.

Y decirle que tomase otro vuelo porque se quería ir a Europa con él, aunque él fuese a trabajar durante su luna de miel.

Había sido la última decisión que había tomado antes de dormirse y seguía siendo su plan.

Descalza, corrió al vestidor de Zac, que estaba vacío, con las puertas del armario y los cajones abiertos.

«Se lo ha llevado todo», pensó Dana desconsolada. «No me extraña que necesite dos personas para bajarle el equipaje».

Se giró hacia el ama de llaves.

—¿Me puede traer la bata y las zapatillas, por favor? ¿El señor Belisandro, sigue en el salón?

—Me parece que está en la biblioteca, señora.

Dana se ató el cinturón de la bata blanca de satén y corrió escaleras abajo. La puerta de la casa estaba abierta y, a través de ella, vio al chófer metiendo las maletas en el coche.

«¿Qué está pasando aquí?», se preguntó ella mientras llegaba a la biblioteca.

Zac se encontraba delante del escritorio, que estaba sorprendentemente vacío, comprobando el contenido de su maletín. Al entrar Dana, levantó la mirada y apretó los labios.

Ella cerró la puerta a sus espaldas y se apoyó en ella, intentando disimular su nerviosismo.

—Dijiste que íbamos a hablar —le recordó en voz baja—, pero parece que esta va a ser nuestra última oportunidad.

—He decidido que sería lo mejor —respondió Zac, tendiéndole un sobre grande—. Es mi regalo de bodas.

Dana se quedó donde estaba y resistió el impulso de llevarse las manos a la espalda.

—Gracias —respondió—. ¿Qué es?

—Las escrituras de la casa —respondió Zac—. La he puesto a tu nombre. También he escrito una carta que dice que Mannion es tuya y solo tuya.

Hizo una pausa.

—Ya tenemos los dos lo que más deseábamos y hemos cumplido con el trato, así que somos libres para vivir nuestras vidas por separado.

–Por separado –repitió ella, sintiendo frío de repente a pesar de que hacía calor en aquella habitación–. No lo entiendo.

–Pues no es nada complicado. Tú querías la casa. Y yo te quería a ti.

Zac se encogió de hombros.

–Hemos cumplido con nuestra parte del trato. Yo me siento satisfecho y espero que tú también. Cuando vuelva de Europa buscaré otro alojamiento –continuó, sonriendo con desgana–. Seguro que para ti será un alivio.

Dana se alegró de estar apoyada en la puerta, si no, se habría caído al suelo.

–¿Quieres decir que... no vas a volver? –susurró–. ¿Y todas las obras que se han hecho en la casa?

–No necesitas a nadie para hacer tu sueño realidad –le dijo él–. Como te dije anoche, tienes a tu disposición el dinero necesario.

–Pero seguro que quieres ver cómo queda. Cómo se ha gastado tu dinero.

–No, no me interesa –le aseguró Zac–. Este es tu sueño, *cara mia*, no el mío.

Hizo otra pausa.

–También he dejado dinero suficiente para tu mantenimiento. Si la cantidad te parece inadecuada, ponte en contacto con mis abogados.

–Pero no puedes marcharte –protestó Dana–. ¿Qué pensará la gente?

–Darán por hecho que nos casamos demasiado pronto, y que nos hemos arrepentido con la misma rapidez. Además, qué más nos da lo que piense la gente, si nosotros tenemos lo que queríamos.

–Pero... La boda de Nicola...

–Volveré para la boda, por supuesto, pero no te preocupes, mi estancia será breve y dormiré en la cama que hay en el vestidor.

—Entonces, lo de anoche no ha significado nada...

—Todo lo contrario. ¿Qué quieres que te diga, *mia bella*? ¿Que cumpliste con tu parte del trato de manera... encantadora? Lo admito. No había esperado tanta generosidad por tu parte. Sobre todo, teniendo en cuenta que iba a ser nuestra primera y última vez juntos.

—No. Y tengo que admitir que yo tampoco lo esperaba.

En esa ocasión, fue ella la que hizo la pausa.

—¿Y el divorcio? ¿Cuándo tendrá lugar?

—Lo antes posible, aunque no podrá ser inmediato. Hay que cumplir con determinadas normas.

—Sí –respondió ella con la boca seca–. Seguro que sí.

Se apartó de la puerta y levantó la barbilla.

—Bueno... creo que no tenemos nada más que decirnos.

Aunque no era cierto. Había mucho más. Dana quería rogarle que no la dejase, que no se marchase, que la llevase con él.

Pero lo más probable era que él se marchase de todos modos, y Dana prefirió no humillarse más.

—No, no tenemos nada más que decirnos –admitió Zac mientras cerraba el maletín–. *Addio*, Dana *mia*. Espero que Mannion sea lo que durante tantos años habías soñado.

Dejó el sobre con las escrituras encima del escritorio y tras sonreír de manera impersonal salió por la puerta.

Unos segundos después, Dana oyó arrancar el coche y alejarse.

Y ella se quedó allí, abrazándose y escuchando atentamente hasta que dejó de oírlo por completo y supo que Zac se había marchado.

Tenía que centrarse en el trabajo. Eso era lo que se decía todas las noches mientras intentaba dormir y también

cuando se despertaba agotada por las mañanas. El trabajo
la ayudaría a salir de aquella pesadilla. Porque, teniendo
en casa a todo un ejército de pintores y decoradores, era
imposible dejarse llevar por los sentimientos.

No podía esconderse en un lugar oscuro y llorar hasta
que no le quedasen más lágrimas.

En su lugar, tenía que lidiar con Bella Dixon, la di-
señadora de interiores que había creado el dormitorio
en el que Dana ya casi no podía ni entrar y que estaba
diseñando el resto de la casa.

«Mi sueño hecho realidad, como dijo Zac», pensó
con ironía. Se sentía como un observador que admirase
el trabajo sin euforia, como si no le perteneciese.

Al mismo tiempo, tenía que mantener las formas con
Nicola, que cada vez estaba más emocionada con su boda.

Y, lo que era peor, tenía que responder a sus preguntas con respecto al viaje de Zac a Europa.

Había pasado el primer día sumida en un estado de
incredulidad, esperando y deseando que ocurriese un
milagro y Zac cambiase de opinión y volviese.

Si bien había terminado por aceptar que la cruel ad-
vertencia de Adam se había hecho realidad, también había esperado que Zac se pusiese en contacto con ella durante los siguientes y dolorosos días.

No podía contárselo a Nicola, ni a nadie. No podía
confesar por qué su matrimonio había terminado de
forma tan repentina.

Siempre había culpado a Zac de su salida de Mannion
siete años antes, y no se había dado cuenta de que ella
misma se había comportado mal al perseguir a Adam.
Tal vez, Zac había tenido suficientes motivos para pensar
que era mejor que Dana no estuviese en Mannion.

Pero, desde entonces, ella había tenido una excusa
para ver a Zac con antipatía y resentimiento, cerrando
los ojos y el corazón a cualquier otra posibilidad. Di-

ciéndose que lo que había sentido al volver a verlo era ira, no deseo. Y centrándose con fría determinación en conseguir Mannion, fuesen cuales fuesen los medios que tuviese que utilizar.

–Ten cuidado con lo que deseas –le había aconsejado tía Joss–. No sea que lo consigas.

Pero ella no había hecho caso. Y tampoco había escuchado a Zac cuando este le había advertido que la codicia no era buena. En esos momentos se había quedado sin sustancia en la vida.

«También me estoy engañando con eso. Zac nunca iba a ser mío ni iba a cumplir los votos del matrimonio. Y tal vez sea mejor que no sepa lo que siento en realidad, porque eso me habría avergonzado todavía más cuando se hubiese marchado».

No obstante, tal vez pudiese salvar algo después de aquel desastre. Tal vez hubiese un modo de justificar lo que había hecho y las decisiones que había tomado.

Después de la boda de Nicola, se cerrarían las heridas causadas por el rechazo de los Latimer a su madre, y Dana le ofrecería a esta que volviese de España y se instalase en Mannion.

Y tal vez podría sentirse reconfortada al construir con ella una nueva relación, aunque casi no se conociesen. Quizás pudiese sentir satisfacción al saber que había hecho realidad el sueño de otra persona.

Esa noche se sentó y le escribió una carta a Linda, invitándola de manera cariñosa y alentadora.

Se dijo que estaba segura de que su madre respondería en esa ocasión. Y se prometió que, si no lo hacía, ella misma iría a España a buscarla, para convencerla de que la acompañase de vuelta a Inglaterra.

Y que no aceptaría un no por respuesta.

Tenía que surgir algo bueno de todo aquello. Era su única esperanza.

Capítulo 14

EL AIRE olía a otoño, pensó Dana mientras conducía colina abajo, en dirección a Mannion. ¿O era su imaginación, que le decía que lo único que tenía por delante era un largo y frío invierno?

La semana anterior había llovido y había hecho frío, pero se suponía que el tiempo iba a cambiar y que el sol volvería a brillar para la boda.

Había ido al pueblo a asegurarse de que tanto el catering como las flores de la boda iban según lo previsto, y así se lo comunicaría a Nicola, que cada vez estaba más nerviosa.

Ella también lo estaba. Temblaba por dentro solo de pensar en que iba a volver a ver a Zac, y le entraban náuseas solo de pensar en que tendrían que volver a fingir que estaban casados hasta que la boda se terminase y todo el mundo se hubiese marchado de Mannion.

«Todo el mundo», pensó, con un nudo en la garganta.

Se dijo que no podía pensar así. En su lugar, tenía que concentrarse en los aspectos prácticos.

Como en decirle a Nic que el pastel era precioso, y que la esposa del párroco estaba supervisando personalmente la decoración de la iglesia.

En Mannion, los decoradores estaban dando los toques finales al dormitorio que ocuparía tía Joss.

Con respecto a tener que volver a ver a la señorita Grantham, los sentimientos de Dana seguían siendo encontrados. Por una parte, deseaba demasiado que fuese esa tía dispuesta a reconfortarla, a dejarla llorar en su hombro, y no la mujer que la trataba con desaprobación. Aunque esta última reacción fuese la más probable.

No había tenido noticias de Linda, así que se dijo que tendría que ir a España a verla.

Tal vez le ayudase desconectar. Seguía sin dormir bien, soñando con enormes casas vacías, por las que se paseaba buscando algo, sin encontrarlo.

Al llegar a casa, vio un coche que no conocía aparcado al otro lado de la entrada principal y, por un instante, el corazón le dio un vuelco. Aunque entonces se dijo que Zac no tenía aquel coche.

La señora Harris la estaba esperando en el recibidor.

—Tiene visita, señora. Un tal señor Harvey, que está empeñado en verla. Está esperándola en el salón.

—¿Harvey? —repitió Dana—. Me suena ese nombre.

—A mí me ha resultado un tanto tosco.

Dana sonrió.

—Pues vamos a ver si lo suavizamos con un poco de café, por favor, Janet.

El señor Harvey se puso en pie, muy educado, al ver entrar a Dana en el salón. Era un hombre corpulento, de mediana edad, calvo y moreno de piel, con el rostro redondo y risueño, aunque en esos momentos estuviese serio. Iba vestido con unos pantalones grises, camisa de flores y una camisa de lino que parecía muy cara.

—Así que tú eres Dana —dijo nada más verla.

—Sí —respondió ella—. ¿Y usted...?

—Soy Bob Harvey —respondió este—. Tu padrastro.

—Mi padrastro —repitió ella, aturdida—. No lo entiendo.

—Pues es muy sencillo. Tu madre y yo nos casamos hace ocho meses. Nos habíamos conocido años atrás, ya que Linda había estado trabajando para mí en el Royal Oak, así que me llevé una gran sorpresa al entrar en el bar que tenía pensado comprar en Altamejo y encontrármela allí, de camarera. Fue lo mejor que me había pasado en muchos años.

–Ya... veo –respondió Dana, sentándose en el sillón que había enfrente de él–. Bueno, enhorabuena. Espero que seáis muy felices.

–En ello estamos –admitió él–. Aunque sería mejor si dejases de escribirle acerca de... todo esto.

Miró a su alrededor e hizo una pausa antes de continuar:

–Estoy seguro de que la intención es buena, pero tus cartas hacen que Linda recuerde cosas que preferiría olvidar, y no le hacen ningún bien. Así que quiero que no le escribas más.

Dana se sentó muy recta.

–Señor Harvey. Yo también pienso en lo que es mejor para mi madre. Y quiero que sepa que puede volver a Mannion y ocupar el lugar que le pertenece cuando quiera.

–Ahí te equivocas, cielo –le dijo él–, este lugar lo único que le ha causado son problemas.

Llamaron a la puerta y Janet Harris entró con la bandeja de café y unas deliciosas galletas caseras. Y Dana tuvo que contener sus airadas preguntas.

En cuanto el ama de llaves se hubo marchado, el señor Harvey continuó:

–Sé que siempre has pensado que el señor Latimer era tu padre, pero no es así. Linda mintió. Empezó mintiendo y luego se dio cuenta de que ya no había marcha atrás.

Dana dejó la taza de café dando un golpe en la mesa.

–¿Cómo se atreve a decirme esas cosas? Yo estuve con mi madre. Vi lo mal que estuvo porque la señora Latimer la había rechazado. La vi llorar la muerte de mi padre.

Él la miró fijamente.

–Te aseguro que no miento –dijo entonces–. Porque soy la única persona que conoce la verdad. Me la contó la propia Linda antes de que nos casáramos.

–Pero ¿por qué mintió?

–¿Y tú me lo preguntas? Mira a tu alrededor. Quería todo esto. Quería ser alguien, no una madre soltera, y Jack Latimer era su oportunidad de conseguirlo.

Hizo una pausa.

–Y como este ya no estaba aquí para decir lo contrario, la aprovechó.

Dana se quedó unos segundos sentada, con el rostro enterrado en las manos.

Por fin, preguntó con voz ronca:

–¿Quiere decir que nunca tuvieron una relación?

–La tuvieron, sí –respondió él muy serio–. Durante un tiempo, pero Linda no se quedó embarazada. Él no podía tener hijos, unas paperas lo habían dejado estéril. Su familia lo sabía, pero Linda, no.

–Pero si estaba segura. Sufrió mucho por el modo en que la habían tratado.

–Se sentía culpable por lo que había hecho –la corrigió el señor Harvest.

–No sabe cómo fue estar allí, vivirlo con ella...

–No. Y todavía se siente avergonzada por lo que te hizo. Demasiado avergonzada para querer verte, aunque lo hará, tal vez cuando vaya a ser abuela.

Por un instante, Dana supo cómo debía de haberse sentido su madre, que había cometido un gran error y se había dado cuenta de que no había marcha atrás.

–Pero si yo pensaba que lo único que quería era Mannion.

–Y ella también –dijo el marido de Linda, sonriendo de repente–, pero ahora ha cambiado de opinión. Y tú también, cariño, ya que te acabas de casar.

Se puso en pie.

–Dale un poco más de tiempo y todo saldrá bien. Ya lo verás.

Se miró el reloj.

–Tengo que marcharme. Me está esperando mi hermana.

Dana se levantó también.

–Señor Harvey... Necesito saberlo. ¿Es... eres mi padre?

Este suspiró.

–Ojalá pudiese decirte que sí, pero sería otra mentira. Eso es algo de lo que tu madre todavía no me ha hablado, pero estoy segura de que algún día te lo contará a ti.

Y añadió en voz baja:

–No te preocupes por ella, cielo. Yo me aseguraré de que esté bien. No hace falta que me acompañes hasta la puerta.

Sola, Dana volvió a sentarse y clavó la mirada en el vacío, así estaba cuando Janet Harris fue a recoger la bandeja del café.

–No han tocado el café –exclamó.

Dana levantó la vista y esbozó una sonrisa.

–No. Me parece, Janet, que en su lugar me voy a tomar un buen whisky.

–Es precioso –comentó Nicola con melancolía–. Como tenía que ser Mannion otra vez. Me trae muchos recuerdos.

Suspiró y después volvió a reaccionar:

–Es increíble todo lo que has hecho en tan poco tiempo.

Dana sonrió.

–Agradéceselo a Bella Dixon y a su equipo, no a mí. Además, no todo el mundo es de la misma opinión. Tu tía Mimi ha visto su habitación y me ha dicho que tanto color crema le iba a hacer sentir como si estuviese en una vaquería.

Nicola hizo una mueca.

—La tía Mimi no va a cambiar nunca. Ya le ha dicho a mi padre que Mannion habría sido suya si se hubiese quedado en Inglaterra, y que Zac ha echado a Adam.

—¿Y qué ha contestado él?

—Nada. En ese momento ha intervenido Sadie, que le ha dicho a Mimi que eso no era asunto suyo, y que Adam estaba en Australia porque ha querido marcharse.

Por primera vez en muchos días, Dana rio de buena gana.

—Bien por Sadie —comentó—. Me gustan las mujeres así.

—Te la regalo —dijo Nicola.

Luego hizo una pausa.

—¿Va todo bien? Pensé que estarías feliz por volver a encontrarte con Zac. Por cierto, que si queréis pasar un par de horas a solas, me aseguraré de que nadie os moleste.

—¿Y dar más motivos de queja a tía Mimi? De eso nada —contestó Dana, fingiendo estar de broma—. Pretendo ser la anfitriona perfecta.

«Por primera y última vez».

Tenía tiempo para practicar el papel. Faltaba una hora o más para que llegase Zac, según le había dicho a Janet. Y lo haría en compañía de Serafina y tía Joss.

Tiempo suficiente para estar segura de que lo saludaría con tranquilidad, guardando la compostura, y de que sería capaz de comportarse de la misma manera cuando se reuniesen después.

También había escogido cuidadosamente su vestuario. Llevaba un vestido de lino ajustado que le llegaba a la rodilla, de un color rosa que realzaba su palidez.

Había estado charlando con los Marchwood, que le habían dicho que estaba muy guapa, cosa que, por supuesto la había animado y le había hecho darse cuenta de la suerte que tenía Nicola con sus suegros.

Lo más difícil había sido responder a las preguntas de Jo y Emily acerca de su precipitado matrimonio.

–Estás loca –había bromeado Emily–. Ni siquiera sabía que tenías algo con el increíble Belisandro, pero eso da igual. Cuéntanoslo todo. ¿Cómo empezasteis?

–Lo conozco prácticamente de toda la vida.

Aunque lo cierto era que en realidad no lo conocía. Ni tampoco se había conocido a sí misma, pero ya era demasiado tarde.

Cuando Janet les anunció que el coche de Zac se estaba acercando por el camino, Dana se quedó atrás y dejó que Nicola y Eddie fuesen los primeros en saludar a Serafina, segura de que eso sería lo que querría esta. No lo hizo porque tuviese la boca seca ni le ardiese el estómago de los nervios porque iba a volver a ver a Zac, aunque fuese solo durante veinticuatro horas más.

Serafina fue la primera en entrar en la casa, muy recta a pesar del bastón, con el pelo gris elegantemente peinado y muy sonriente al ver a Nicola.

Al menos, en eso había acertado, se dijo Dana mientras veía cómo su tía Joss la saludaba con un serio movimiento de cabeza.

Tragó saliva y apretó los puños mientras esperaba a que apareciese Zac.

Lo primero que pensó era que parecía muy cansado y pensativo, como si su cuerpo estuviese allí, pero su mente se encontrase a kilómetros de distancia.

«Oh, mi amor», pensó Dana.

Y, controlando el impulso de correr hacia él, abrazarlo y contarle lo que sentía, avanzó despacio con una falsa sonrisa en los labios.

–Dana *mia* –la saludó, besándola en la mano y en la mejilla, con un mero roce de los labios.

–Bienvenido a casa –respondió Dana sin dejar de sonreír–. ¿Has tenido un buen viaje?

–Ha sido todo un éxito –dijo Zac, tomando su mano y llevándola hasta donde estaba Serafina–. Te presento a tu nueva prima, *cara mia*.

–La conozco perfectamente –replicó la otra mujer de manera seca–. Ya hablaremos luego, ahora llego cansada del viaje y me gustaría ir a mi habitación.

–Por supuesto –dijo Dana, dudando–. ¿Prefiere tomar el té en ella en vez de en el salón? ¿Lapsang Souchong, verdad?

–Sí –admitió la señora Latimer sorprendida–. Tienes buena memoria.

Mientras Janet acompañaba a las dos mujeres al piso de arriba, Zac le dijo en voz baja a Dana:

–Yo preferiría tomar un café en la biblioteca, por favor. Tengo que trabajar, me quedan algunos cabos sueltos del viaje. ¿Te importaría disculparme ante nuestros invitados y decirles que los veré durante la cena?

Dana se sintió incluida en el comentario y se dio la media vuelta.

Cuando todo el mundo estuvo servido, subió al piso de arriba y llamó a la puerta de su tía.

–Así que al final lo has conseguido –fue la bienvenida de la señorita Grantham–. Supongo que debo felicitarte, aunque siempre había pensado que el señor Belisandro tenía más sentido común.

–¿Porque me echó de aquí hace siete años? –inquirió Dana–. Supongo que todo el mundo tiene derecho a cambiar de opinión.

Aunque fuese por poco tiempo...

Tía Joss la fulminó con la mirada.

–¿De qué estás hablando?

–De mi terrible error de adolescencia –dijo Dana, levantando la barbilla–. Se supone que me insinué a él y que por eso me echaron de aquí.

–No fue Zac quien se quejó, sino Adam –dijo su tía–. Aunque eso ya no importa. Ha pasado mucho tiempo.

–Sí –admitió Dana, aturdida por la noticia–. Mucho tiempo.

«Y yo he estado culpando a Zac de aquello todo este tiempo».

Respiró hondo.

–Pero no he venido a eso. ¿Sabías que mi madre se había casado?

En esa ocasión fue tía Joss la que se quedó completamente pálida.

–¿Que se ha casado? ¿Con quién? ¿Con algún español?

–Con Bob Harvey, el antiguo dueño del Royal Oak. Y, por cierto, ya sé que Jack Latimer no pudo ser mi padre y el motivo, y que ni Linda ni yo teníamos ningún derecho a reivindicar Mannion. Que fue todo una locura.

–¿Linda lo ha admitido?

–Se lo ha contado todo a su marido. Tal vez podrías contárselo tú a la señora Latimer en mi nombre, y asegurarle que pretendo... actuar en consecuencia.

Hizo una pausa.

–Si quieres, ya hablaremos de eso más tarde.

La puerta de la biblioteca estaba cerrada, y Zac habló con impaciencia cuando le dijo que entrase al oír que llamaban a la puerta.

Su expresión al verla tampoco fue precisamente alentadora.

–Dana, salvo que sea importante...

–Lo es –le aseguró ella–. Es muy importante.

Él frunció el ceño, dejó el bolígrafo que tenía en la mano y se levantó lentamente. Rodeó el escritorio y se apoyó en él.

—¿Has venido a decirme que es posible que estés embarazada?

«¿Embarazada?».

Dana se repitió aquella palabra en silencio y se preguntó si podía mentirle, y si con aquella mentira podría convencerlo para que se quedase con ella.

Pero se dijo que aquello habría sido actuar como su madre.

—No, no he venido a eso —admitió.

—Ah, ¿entonces?

Ella tragó saliva.

—Se trata de la casa.

—*Santa Madonna* —gruñó él—. Cómo no. ¿Qué otra cosa podía ser? ¿Necesitas más dinero? Tómalo, no me importa. No es mi problema, solo el tuyo. ¿O es que no lo dejé lo suficientemente claro?

—No es eso. He venido a decirte que quiero venderla.

—¿Vender... Mannion?

—Sí. He pensado que querrías saberlo.

—¿Para qué? ¿Quieres que te dé mi opinión? ¿O que te recomiende un abogado? —preguntó—. Ponte en contacto con mi departamento jurídico. Ellos te ayudarán.

Dana se sintió fatal. Notó que se le llenaban los ojos de lágrimas, pero no podía llorar.

—Puedo ocuparme de todo sola, gracias. Ya te he dicho lo que había venido a decirte, y perdona que te haya interrumpido.

Y se dio media vuelta para marcharse.

—Un momento. Espera.

—¿Te preocupa que la venda demasiado barata?

—Quiero saber por qué la quieres vender.

—Porque ya no quiero vivir aquí.

—Durante años, no has pensado en otra cosa, no has querido otra cosa —le recordó él—. No puedo aceptar esa respuesta.

—Siempre había pensado que, si Jack Latimer no hubiese fallecido, se habría casado con mi madre y yo, su hija, habría tenido el derecho de heredar esta casa. Ahora sé que no es cierto. Que si bien tuvo una aventura con mi madre, no podía tener hijos. Y que mi madre me contó una historia que era mentira.

Se encogió de hombros y añadió:

—No puedo vivir con eso.

—No tienes por qué hacerlo. Has conseguido Mannion al convertirte en mi esposa.

—¡Tu esposa! ¿Hasta cuándo? Y, cuando se termine, ¿cuántos años tendré que pasar aquí sin ti, en la casa vacía de Serafina?

Rio y sollozó al mismo tiempo.

—¿Cuánto tiempo voy a sobrevivir en este montón de piedras, en el medio de la nada, paseando de habitación en habitación, fingiendo que estar sola no es una pesadilla, y que voy a encontrarte en alguna parte, esperándome?

Hizo una pausa.

—No, gracias. No puedo quedarme aquí. Tengo demasiados recuerdos y no voy a ser capaz de soportarlos, así que quiero deshacerme de la casa inmediatamente, si a ti no te importa.

Se le rompió la voz y se giró, intentó abrir la puerta y entonces oyó que Zac decía en un susurro:

—Dana, mi amor, mi esposa, *mi adorata*, no me dejes. No te marches.

Esperanzada y asustada, Dana preguntó:

—¿Quieres que me quede?

—Más que eso —admitió Zac con voz temblorosa—. Te quiero. Creo que te he querido siempre, toda mi vida, incluso antes de conocerte, pero hasta ahora siempre había pensado que solo querías la casa. Por eso me marché, porque no lo soportaba.

Ella dio un grito y corrió a abrazarlo, levantó los labios hacia sus besos y acercó el cuerpo a sus temblorosas manos. Zac la sentó en el escritorio y tiró todos los papeles que había en él al suelo.

Le levantó el vestido, le apartó la ropa interior y, bajándose la cremallera de los pantalones, la penetró sin más preliminares, salvo el ansia que ambos tenían, el uno por el otro. Hasta que ambos estuvieron consumidos, con la respiración acelerada, saciados.

El tiempo se detuvo. Recuperaron la cordura, acompañada de risas, ternura y la sorpresa de haberse encontrado por fin.

Se arreglaron la ropa y compartieron el sofá que había junto a la chimenea. Dana se hizo un ovillo en el regazo de su marido, enterró el rostro en su cuello y escuchó cómo le susurraba en su idioma materno.

—Tengo que aprender italiano —murmuró—. Para entender lo que me dices.

Él sonrió.

—Esta noche, en la cama, *mia carissima*, te prometo que te haré la traducción.

—Umm —dijo Dana, acurrucándose más contra él—. Lo estoy deseando, pero es una pena que tirases abajo la casa de verano. Me habría gustado volver allí antes de marcharnos.

—¿Todavía quieres vender Mannion? ¿Aunque nos haya unido?

—También podría separarnos —le aseguró Dana muy seria—. Y siempre me recordará lo ciega que he estado. Lo codiciosa y mercenaria que he sido.

—Eso, nunca, cariño —la silenció, poniéndole un dedo en los labios—. Nunca. Solo confundida y muy infeliz. Y, por cierto, fue Adam el que destruyó nuestra casa de verano. Fue lo último que hizo antes de entregarme Mannion.

–Yo siempre había pensado que habías sido tú el que había hecho que me echasen de aquí, después de aquella noche, pero había sido Adam también.

–Sospecho que averiguó que habíamos estado juntos, y jamás nos lo perdonó.

–¿Y tú por qué no le contaste la verdad a Serafina?

–Porque me dio vergüenza. No había pretendido que sucediese lo que sucedió, pero eras tan dulce, *mia cara*. Que no pude resistirme. Aunque, al mismo tiempo, ambos éramos demasiado jóvenes.

Hizo una pausa antes de continuar:

–Además, te comportabas como si yo fuese el último hombre con el que te habrías casado. Así que te dejé marchar, me dije que debía olvidarte, pero no pude. Cuando volví a verte me di cuenta de que nada había cambiado. Tú seguías obsesionada con Mannion, así que decidí hacer realidad tu deseo, y el mío. Me dije que, cuando fueses mi esposa, te enseñaría a amarme.

–Entonces, ¿por qué te marchaste? ¿No te dabas cuenta de lo que me hacías sentir?

–Sí, pero también sabía que darte placer en la cama no era suficiente. Que quería mucho más.

–Pues ahora ya me tienes. Soy toda tuya. Donde tú estés, mi Gaius, estaré yo, tu Gaia. Para siempre.

–*Mi adorata* –respondió él en voz baja, besándola.

Bianca

**Nunca consideraba la posibilidad de perder...
pero, de repente, ganar cobró
un significado muy distinto**

Casarse con el impresio-
nante pero gélido conseje-
ro delegado Chase Whita-
ker no había sido nunca el
destino de Zara Elliott, pero
tendría que seguir el juego
para salvaguardar la em-
presa familiar...

A Chase solo le interesaba
una cosa, su intrincado
plan para vengarse del padre de Zara. ¿Qué era lo
único con lo que no había
contado? El encanto y la
belleza natural de Zara,
que hacían que sus sólidas
defensas se tambalearan.
La noche de bodas resultó
ser un giro de ciento
ochenta grados en el plan y
los dos se dieron cuenta de
que la situación se les iba
de las manos.

SUYA POR VENGANZA
CAITLIN CREWS

Acepte 2 de nuestras mejores novelas de amor GRATIS

¡Y reciba un regalo sorpresa!

Deseo

CÓMO SEDUCIR A UN MILLONARIO

ROBYN GRADY

El implacable tiburón de las finanzas Jack Reed se proponía hacerse con Lassiter Media, pero Becca Stevens, directora de la fundación benéfica de la empresa, estaba dispuesta a enfrentarse a él con todos sus medios para salvarla. Le pidió a Jack que le concediera una semana para demostrarle el trabajo que hacía la organización. Becca quería mostrarle el daño que hacía con su implacable búsqueda de poder y riqueza, y Jack decidió seguirle el juego al verlo como la oportunidad perfecta para llevársela a la cama.

*¿Y si al caer en la trampa de Jack,
ella no quería escapar?*

¡YA EN TU PUNTO DE VENTA!

Biança

¡Los dos terminaron aprisionados por... el matrimonio!

El príncipe Zachim Darkhan de Bakaan nunca hubiera imaginado que iba a ser secuestrado por su enemigo. Pero, gracias a su experiencia como guerrero, logró escapar... llevándose a la hija de su captor como rehén.

Sin embargo, Farah Hajjar no era una mujer fácil de someter. Mientras la lucha de poder se intensificaba entre ambos, Zachim ansiaba probar la fruta prohibida de sus encantos. Pronto, llegaron a un punto de no retorno, donde la frontera entre odio y deseo se difuminaba.

ESCONDIDA EN EL HARÉN
MICHELLE CONDER